ウルーリカ・エルテヴァイン
アッシュ・ハーツ

メイ
ミレイ
ベイル・バローネ

灰色のアッシュ

～[illegible]をクビになった俺は
ダンジョン[illegible]で灰色の人生をひっくり返す～

CONTENTS

一章 婚約解消とクビからのリスタート …… 6P

二章 押しかけ後輩とデュラハン事件 …… 159P

あとがき …… 278P

キャラクター設定画 …… 282P

一章　婚約解消とクビからのリスタート

一・　人生灰色になった男

俺の名はアッシュ。

ベルグランド帝国騎士団所属、第十三隊――『ジェイナス隊』隊長アッシュ・ハーツ。

歳《とし》は今年で二十六になる。

一応、騎士爵を持つ帝国の準貴族だ。

ただまぁ、準貴族とあって、爵位は次の代に渡せない一代だけの名誉位なのだが。

授爵できたのは一年前に帝国国内唯一のダンジョンから氾濫した五百を超える魔物の群れを討伐し、後方にあった村を救った功績が認められたからだろう。

平民出身の俺が二十五で準貴族の位を賜るのも大変異例の出来事であった。

ただ、授爵に関して貴族達の間でひと悶着《もんちゃく》あった事もそうだが、俺としては共に戦った部下が評価されなかった事に不満は残る……。

しかし、平民出身である騎士個人の人生としてみれば順風満帆といったところ。これから婚約者と結婚したあと、更に出世して平穏な老後を送れれば良い。

そう思っていたのだが、人生とはとにかく何が起きるか分からないもの。

俺は心底そう痛感した。

「婚約の解消、ですか……」

「ええ」

最初に訪れたのは子爵位を持つラガン家次女であるお嬢様――俺の婚約者であったラフィ嬢との婚約解消だった。

ラフィ嬢との婚約に至った経緯としては、ラガン家の当主であるラフィ嬢の父上が俺を将来有望な騎士として見出《みいだ》したからだ。

平民出身、準貴族の位を持つ俺が格上であるラガン家から婚約の申し出を言い渡されて断れるはずもない。命令のような強制力のある婚約であったが、それでも俺なりに努力をしていたと思う。

彼女が俺の出世を望んでいたから努力もしたし、酒やタバコを止《や》めて求められたプレゼントを買えるよう節約したり、彼女が好む服を身に着けるようにしたり……。

彼女の願いは全て受け入れてきたつもりだ。

他にも色々あるが、これは相手が貴族のお嬢様だからというわけではなく、純粋に彼女との愛を育んでいるつもりだった。彼女の期待に応えられるよう努力はしてきたと思っている。

「理由をお聞かせ願えますか？」

「伯爵家の方と懇意になりましたの。貴方《あなた》のような準貴族と結婚するより、そちらの方が実入りが良いでしょう？」

しかし、どうやらそう思っていたのは俺だけだったようだ。

つくづく、貴族というものは怖いと思った。こちらがどう努力していても、向こうの意向に沿わなければスパッと切り捨てられるのだから。

まぁ、これは彼女が言ったように準貴族が相手だからというのもあるかもしれないが。

「それに、あちらの方のほうが私の好みですの。貴方のような芋臭い平民顔ではないですし、やはり高貴な血筋は高貴な血筋と寄り添うものですわ。元々お父様が勝手に決めた婚約ですしね」

「そうですか……。分かりました」

婚約の解消が決まって、俺は予想以上にショックを覚えた。たとえ格上貴族からの半ば強制的な婚約だったとしても、俺は彼女の事を真剣に愛していたから。

ただ、この婚約解消から数日後。再び人生最悪の時が訪れる。


「クビ、ですか？」

「そう。君はクビだ」

上司に呼ばれて早々、俺は騎士団を辞めろと言われた。

当然、どうしてですかと問うたが——

「君はラフィの元婚約者だろう？　邪魔なんだよ。僕の出世にもね」

随分とハッキリ言われたが、おかげで俺は気付く事ができた。

このフカフカの椅子に座り、見下すような視線を向ける年下上司——リーヴラウ伯爵家のお坊ちゃんが、元婚約者であるラフィ嬢の新しい相手なのだろう。

更に、彼の役職は俺の一つ上。

正直言って、彼は伯爵家の威光をチラつかせて職と役職を得たボンボンである。

入団から今まで一度も戦場に出た事がない。帝都周辺の警備任務にも出ないし、山賊退治なんてマネもした事がない。恐らく、この先も戦場や現場に出るようなマネはしないのだろう。

だからこそ、このまま俺が何か成果を上げて出世すれば彼を追い落とす事になる。俺に目を掛けてくれている副団長が団長へと出世すれば、なおさら彼は今の席を追われる事になるだろう。

そうならないよう、先に手を打ったという感じだろうか。

「先に言っておくが異論は認めないよ。こうして城の人事部にも正式な文章を作らせたからね」

投げ捨てるように見せられたのは、騎士団採用人事部が作った正式文章。しかも、部長のサイン入りだ。

確かに正式な書類ではあるが、文官である人事部の部長にどれだけ金を握らせたのだろうか。

処分を受け入れずに副団長へ相談しようと一瞬考えたが、今彼は遠征中で不在だ。恐らくはこのタイミングを狙ったのだろう。

勿論《もちろん》、他にも法廷に訴え出る事もできる。

「前々から目障りでもあった。お前のような平民が爵位など……。どうせ、魔物を倒した件も大した事なかったのだろう？　卑しい男だ」

だが、正直俺は疲れてしまった。

婚約解消の件もそうだが、このクビに関する件も。心底、貴族という生き物に愛想が尽きてしまった。

「分かりました」

その反動だろうか。

俺の頭には「はー、自由な生活送りてえー」と破滅的な考えが浮かんでしまったのだ。

節約のために止めた酒が無性に飲みたくなった。禁煙成功したのにタバコが無性に吸いたくなった。

クソ食らえだ！　もう全部、クソ食らえってんだ！

内心で目の前にいるクソ野郎に「クタバレ！」と叫んだ俺は、冷静な様子を装って執務室を後にしたのである。扉を思いっきり閉めて、金具とドアノブを粉砕したのは細《ささ》やかな反抗だ。

しかし、ヤツの仕掛けはこれだけに留《とど》まらなかった。

執務室を出たあと、騎士団本部の備品室へ携帯中の装備を返却しに行く途中の事だ。

何やら周囲から向けられる視線が痛い。

『あの灰色の髪……。例の？』

『そうそう。真面目そうなのに、見かけによらないなぁ』

などと、俺の顔を見ながら隠れもせずにヒソヒソと囁《ささや》く人達の姿を目撃した。特に廊下をすれ違う女性騎士からは汚物を見るような視線を向けられた。

その理由を教えてくれたのは備品室の管理人だった。

「よう、あんたも苦労するね。貴族のお嬢さんにド変態プレイを申し込んで愛想尽かされたんだって？」

「は？」

「今、騎士団中でホットな話題だぜ？　真面目だったアッシュが、って皆《みんな》言ってやがる」

詳しく聞くと、俺がラフィ嬢に『赤ちゃんプレイを強要し、それを嫌がったラフィ嬢がリーヴラウ伯爵家の坊ちゃんに助けを求めた』という噂《うわさ》が流れているらしい。

そして、リーヴラウ伯爵家のクソアホボンボンは「そのようなド変態が騎士団にいるなど言語道断！」と怒鳴り散らしてクビにする旨を人事部に……と、彼は言う。

「そんな要求するわけないだろ！」

「まぁまぁ。俺は偏見なんざ持たねぇよ。俺も娼館《しょうかん》で赤ちゃんプレイやった事あるから。いいよな。赤ちゃんプレイって」

ダメだ、コイツ。コイツは真正だ。

俺はため息を零《こぼ》しながら装備を返却したあと、周囲の視線に苦しみながら自分用の荷物入れを片付けた。

片付けている最中、気になったのは仲間の事だ。信頼する仲間は今、一人を残して任務中だ。その一人もどこかに呼び出されて行方《ゆくえ》が知れない。

仲間達に挨拶できない事が心残りだ。本部に残っている唯一の仲間が戻ってくるのを待とうかとも思ったが、針のように刺さる視線に耐え切れなかった。

俺は少ない私物を持って本部から逃げるように飛び出すと――

「先輩！」

俺を追いかけてきたのは、本部に残っていた仲間の一人。

「せ、先輩、騎士団辞めるって本当なんですか⁉」

肩で息をしながら追いかけてきてくれたのは、金髪のポニーテールが似合う後輩のウルーリカ・エルテヴァイン。ウルカの愛称で親しまれる、第十三隊のマスコットのような女性。

その正体は男爵家の四女であり、代々騎士を輩出しているエルテヴァイン家の意向に沿って騎士団に入団したお嬢様だ。

配属当初は剣の振り方くらいしか知らず、俺や仲間の指導に泣きながらも実直についていき……三年経《た》つと立派な騎士へと成長した。

魔物の氾濫事件では共に戦った、安心して背中を預けられる頼もしい仲間の一人。故に俺が唯一、偏見を抱かない貴族家の人間と言えるだろう。

「ああ、本当だよ。まぁ、クビになったって言った方が正しいけど」

「どうして先輩がクビになるんですか！　あれだけ大きな功績を挙げたのに！　私、まだ先輩の指導を受けたいです！　私を置いていっちゃうんですか⁉」

ああ、この子は最後まで俺の味方をしてくれんだなと思うと嬉《うれ》し――

「赤ちゃんプレイがしたかったなら、私に言ってくれれば何度だってしてあげます！」

「何言ってんの!?」

とにかく俺は、噂は事実無根と何度も強調しながら、騎士団を辞める理由を語ったあと、彼女はようやく納得したような様子を見せる。

特に噂のせいでこれ以上は騎士団に居辛《いづら》いと説明した点が効いたのだろう。

「先輩、これからどうするんですか？」

「そうだな……」

ウルカに問われ、まだ不透明だった行く先に考えを巡らせた。そこで浮かんだのが……。

「外国にでも行こうかな」

騎士団に所属して以降、ろくに遊ぶ時間なんてなかった。旅行なんてものは生まれて一度も行った事がない。

帝国国内を巡る旅は散々任務で行ったし、この際だから外国まで足を延ばしてみるのもいいかもしれない。新しい生活の切っ掛けにもなりそうだしな。

「じゃあ、私も行きます！　先輩についていきます！」

俺の腕を掴《つか》みながら懇願するように言うウルカ。だが、どうにも俺は首を縦には振れなかった。

「いや……。しばらく一人で過ごすよ。気持ちの整理したいし。それに、ウルカには家族がいるだろう？」

「そう、ですか……。じゃあ、落ち着いたら手紙を下さい」

「分かった。ウルカ、君も元気でな」

こうして、俺は瞳を潤ませる後輩に別れを告げた。

その足で城へ向かい、準貴族の爵位を返上して身辺整理を行った。今日でハーツの家名は捨て、ただのアッシュになる。

幸い、親ももういない身だ。家や家財の整理に二日を要し、全て綺麗《きれい》にしたとこで——

「さぁ、行くか」

俺は外国へと旅立った。

二・　ローズベル王国へ

今、俺は魔導列車と呼ばれるレールの上を走る箱に乗っている。

既に外国であるローズベル王国に入国しており、今は最後の乗り継ぎを済ませてローズベル王国西部に向かっている最中だ。

魔導列車ってやつは本当にすごいぞ。窓の外に見える景色がビュンビュン流れていくんだ。

——さて、俺が入国したローズベル王国とは、祖国であるベルグランド帝国と同盟を結ぶ隣国であり、ダンジョン経済が活発な女王制の国である。

「しかし、本当にすごいな。こんなモンを作ってしまうなんて」

俺はつい独り言を零しながら、帝国の駅で購入したローズベル王国観光用のパンフレットに視線を向ける。

『豊富なダンジョンと魔導具が溢《あふ》れる国へようこそ』

パンフレットにはローズベル王国を語るには欠かせない、ダンジョンと魔導具の存在が大々的にアピールされていた。

「ローズベル王国には三つのダンジョンがあって、ダンジョン内にいる魔物から採取される魔石を利用した魔導具が開発されました……か。これは帝国で聞いていた通りだな」

大昔はダンジョンから氾濫した魔物に対してかなり苦労していたようだが、現代ではダンジョンを管理しつつ魔物や魔物素材を王国の研究所が研究し、魔導具と呼ばれる便利なものを作り上げるまでに至った。

しかし、パンフレットにはこうも書いてある。

『魔法の謎を解き明かす過程で魔導具は生まれました』

そう書かれているように、最初は『魔法』という謎を解き明かそうとしていたのだ。

魔法とは指先から火を出したり、水を出したり風を生んだり……果ては傷付いた人を完全回復させてしまう奇跡の業。とにかく、神が起こす奇跡に似た何かである事は間違いない。

それら魔法が未《いま》だ解明できていない最大の理由は、魔法を行使できる存在がこの世界にはひと握りしかいないからだろう。現代に生きる「魔法使い」は上位貴族や王族の中にいて、高貴な血筋が成す奇跡と呼ばれるのが一般的だ。

しかし、ローズベル王国は魔法という未知の現象を血筋や奇跡の言葉では片付けられないらしい。

「これはローズベル王国にとって、魔法使いがダンジョン制御に大きく貢献していたからだろうな。帝国での魔法使いは対人戦闘の切り札というイメージだが、こっちでは対魔物戦の切り札として使われていたらしいし」

したがって、魔法の謎を解き明かして、誰もが利用できるようになれば魔物の脅威から永久的に解放される。

「帝国ではローズベル王国が熱心に魔法を研究する理由について、戦争で使う魔法使いの数を増やしたいがためと言われていたが……」

王国の謳《うた》い文句《もんく》をそのまま信じるならば『魔法の謎を解き明かせば、人類の生活はもっと平和で豊かになる』との事。

まぁ、大っぴらに「戦争に投入する魔法使いの数を増やしたいんですよ」なんて公表できるはずもない。

真偽はどうあれ、魔法の平和利用のために研究していますとアピールするのは当然に思えた。

「そして、魔法研究の過程で生まれたのが魔導具である、と」

少し話が逸《そ》れてしまったが、王国は魔法の謎を解き明かそうと研究し続けた結果、その副産物として『魔導具』を誕生させたのだ。

魔導具はダンジョン内にいる魔物の素材を用いて作られており、最初は対ダンジョン用の兵器としてのみ活用されていた。だが、今では生活用品としても応用されて人々の生活を豊かにしている。

代表的なのは魔導コンロだろう。魔石と呼ばれるエネルギー源を投入するだけで、スイッチ一つで火が点《つ》くのだ。薪《まき》などの燃料もいらず、火起こしする手間もない。

「まぁ、俺にとっちゃ、高速移動する魔導列車だって魔法と変わりないよなぁ」

今、俺が乗っている魔導列車だって魔導具の一つである。

魔導列車は俺が子供の頃に帝都でも導入されたのだが、何百人と人を乗せて高速移動する鉄の箱が動く姿を見た時は本当に驚いたもんだ。

あながち、謳い文句である『人類が豊かに～』というのも嘘《うそ》ではないのかもしれないな。

と、こうした技術を生み出し、ローズベル王国は技術大国として一躍有名になった。今ではダンジョン、魔法、魔導具といった分野で世界をリードする国と言えよう。

しかし、本当にどんな仕組みでこんな大きな箱が高速で動くのやら。学者や研究者といった人間の頭の中を覗《のぞ》いてみたいものだ。

『次は～。ローズベル王国西部～。第二ダンジョン都市でございます。第二ダンジョン都市でございま～す。お荷物、お忘れ物のないようお気をつけて――』

おっと、ようやく降りる駅のアナウンスが流れたな。

俺は食べ終わったエキベンとやらの紙箱を小さく折り畳みながら、荷物の入ったリュックを手に取る。

たった今列車がホームに進入した『第二ダンジョン都市』とは、ローズベル王国西部にある巨大都市だ。南にある帝国から魔導列車を乗り継いで二日掛かる距離にある。

魔導列車のおかげで二日という日数で済んでいるが、馬車旅であれば一ヵ月は掛かるんじゃないだろうか。

……この遠方を選んだのは、少しでも遠く帝国から離れたかったからだ。

そりゃ、事実無根ではあるが「赤ちゃんプレイ好きの騎士」として噂が流れる土地から離れたくなるのは当たり前だろう？

まぁ、それは置いといてだ。

俺は列車の出入り口前に立って完全停車するのを待った。外からは列車に生えた煙突からプシュップシュッと緑色の煙を排出する音が鳴り、徐々にスピードが落ちていく。

駅のホームに完全停車すると、列車の各ドアが勝手に開いた。正直、これを見るだけですごいと思える。どういう原理でこのドアが勝手に開くのだろうか。列車内に流れていたアナウンスもだが。

「おー」

列車から外に出れば、駅のホームは五つもあった。帝国帝都にある最大の駅にはホームが二つしかないというのに。

駅の建物もかなり大きく、屋根はドーム型になっている。駅自体のデザインも斬新な形にして観光客を驚かせようと考えられているのだろうか？

利用客の数も帝国と比べて遥《はる》かに多い。さすがは魔導具誕生の地と言ったところか。

「さて、出口はどこだろうか」

「出口をお探しかね？」

俺が駅のホームでキョロキョロしていると、一人の老紳士に声を掛けられた。

黒のスーツとシルクハットを被った老紳士は、杖《つえ》を片手に持ち、もう片方には革張りの小さなカバンを持っていた。服装の様式からして、ローズベル王国民だろう。

それにしても服装とカイゼル髭《ひげ》がすごくマッチしている。男なら誰でも憧れてしまいそうなダンディな方だった。

「よければ出口まで案内しよう」

そう言いながら、皺《しわ》のある顔に朗らかな笑みを浮かべた。

「これはご丁寧に。助かります」

俺はクセで深々と頭を下げてしまった。綺麗なお辞儀だね、と言われて少し照れてしまう。

老紳士の横に並びながらついていくと、老紳士は優しく俺に話し掛けてくる。

「この都市は初めてかい？」

「ええ。実は帝国から来たんですよ」

「そうかい。そうかい。では魔導列車での旅も初めてだったのかな？」

「はい。今回初めて乗りましたが、本当にすごい魔導具ですね。窓から見える景色が高速で流れていくのには圧倒されました」

俺が感想を告げると、老紳士は「それはそれは」と嬉しそうに笑う。

「ローズベル王国では王都や地方を移動する際に魔導列車を使うのが当たり前になっているから

ね。君も国内観光を続けていれば慣れるよ」

ローズベル王国には国内線と呼ばれる王国内の主要都市と王都を結んだ線路を走る魔導列車が日に何本も動いている。

王国国民が地方へ足を運ぶ際は、魔導列車に乗って移動するのが一般的になっているんだとか。

「本当ですか？　帝国での移動は馬車がメインでしたし、魔導列車は金持ちしか乗れないイメージがありましたので……」

「帝国はダンジョンが一つしかないという話だし、魔石の安定供給ができていないからじゃないかな？　ローズベル王国では既に供給量が安定しているからね」

ローズベル王国の国民が気兼ねなく魔導列車を利用できる理由は、エネルギーとなる魔石が簡単に手に入るから。

三つのダンジョンから魔石が山ほど採取でき、潤沢に使用できる。

対し、帝国はローズベル王国から魔石を輸入している状態だ。なので魔導列車の運賃には輸入にかかる費用分も加算されているのだろう。

といっても、帝国の定めた利用運賃はボッタクリと言えるほど高額だが。

「そうだ。君の観光がもっと豊かになるよう、いくつかオススメのお店を教えてあげよう！」

そう言って、老紳士は美味《おい》しい食堂や都市で有名な食べ物を教えてくれた。

些《いささ》かデザート類が多かったのは、この老紳士が甘党だからだろうか。あとは安くて質の良い宿屋まで教えてくれて、王国国民の優しさに胸がいっぱいになってしまう。

出口へ到着すると、駅員に切符を回収されつつゲートを通過。これで俺は晴れて第二ダンジョン都市へ足を踏み入れたというわけだ。

老紳士と談笑しながら駅を出ると、駅の前には大きな馬車が停《と》まっていた。老紳士の足はその馬車に向かっており、どうやら彼の迎えらしい。

馬車の傍《そば》に立っていた従者が頭を下げて「旦那様」と呼んだのを見るに、どうやら彼は身分の高い人物だったのかもしれない。クセとはいえ、深々と頭を下げて正解だったな。

「色々と教えていただき、ありがとうございました」

「なんのなんの。ローズベル王国へようこそ。楽しんでね」

最後に老紳士はハットの鍔《つば》を摘《つま》みながら挨拶してくれて、俺はもう一度感謝を伝えて馬車を見送った。

「さて、先に宿を取るか」

見送ったあと、最初にすべきは宿の確保だ。老紳士が教えてくれた宿に早速向かうとしよう。

三・　第二ダンジョン都市

「はー……。第二ダンジョン都市ってのはすっごいなぁ」

駅を出て市街地を歩く俺の姿は、完全にお上りさんだろう。

綺麗に揃《そろ》った赤い三角屋根の家屋、商店は区別がつくよう屋根の部分が平坦《へいたん》な造りになっているのと同時に、店の種類が分かるようしっかり看板が備わっている。

家屋は二階建てが基本だし、商店は外から店内が見えるよう大きなガラス窓がはめられていて、外を歩きながら中の雰囲気を見る事ができるのが新鮮だった。

道も全て石畳で舗装されているし、建物と建物の間には小道があって、奥に建築された家屋などにアクセスできるよう道幅が均一化されている。

道沿いには花壇があったり、木が植えられていて、都市の景観に一役買っている。これがあるだけで華やかなイメージを抱いてしまう。

帝都も規模が大きかったが、この第二ダンジョン都市は地方都市とされながらも帝都と規模がほぼ変わらない。

「街並みも綺麗だが、人も……」

道を歩いている人達も大半が平民だろうが、平民であっても色とりどりの服を着ており、誰もが清潔感に溢れている。

通行人に交じって鎧《よろい》や革の胸当てを装備した人達もいるが、恐らくダンジョンで魔物狩りを行っている『ダンジョン狩人《ハンター》』達だろう。ハンター達は市街地の南側へ向かっているので、南にダンジョンがあるのかもしれない。

街並みと通行人に目を向けながら歩いていると、次に登場したのは街の中央を流れる運河だ。

パンフレット曰《いわ》く、この運河は市街地の外にある川から水を引き込み、魔導列車開発運用以前から水路として活用されていたらしい。今でも水面に船が浮かんでいて、都市内の各区画へ荷物を運搬したり、観覧船として観光客を乗せる船もあるようだ。

そして、その運河の上に作られた大きな橋。橋も道と同じく舗装されているし、両端にある手摺《てすり》には模様が彫られていて、橋自体が美術品のような出来であった。

橋の傍にあるカフェでは運河沿いに屋外席が設けられていて、都市中央区に立つ巨大な時計塔までバッチリ見える。綺麗な景色を見ながら一服するには良さそうだ。

「この橋を渡ると中央区で……。中央区は貴族向けの宿や商店が並ぶ高級区画か」

現在、俺がいる場所は西区と呼ばれる場所である。平民向けの商店や家屋が並ぶ区画であるが、橋を渡らずに中央区の方へ顔を向けると巨大な城が見える。

中央区を越えて北区に聳《そび》え立《た》つ城は、王国が昔ダンジョンを制御しようとしていた名残だそう。当時高名だった魔法使いが住んでいた城らしいが、今ではこの都市を管理する貴族が住んでいるらしい。

余談であるが、この都市は都市と呼ばれながらも領地扱いではない。ダンジョンは国の所有物となっており、この都市を治める貴族は『管理人』として扱われているようだ。

といっても、ダンジョンで得た収益の一部は管理人である貴族のものになるので、管理人である貴族も莫大《ばくだい》な利益を得ているに違いない。まぁ、国はそれよりもっと莫大な利益を得ていると思うが。

結論から言えば、金があるから都市全体が綺麗で整っている。

そして、なによりオシャレだ。全体的にすごいオシャレ。帝国帝都が時代遅れに思えてしまうほどオシャレだ。

「うーん。来て正解だったかもな」

あのまま帝都で騎士を続けていたら、この景色と文化は味わえなかったに違いない。正直、ここへ来て正解に思えてきた。

大陸には他にも色々な国があるが、中でも近年一番経済成長を続けている国がローズベル王国だ。他の国に行ってもここまで豊かで発展した景色は見る事ができないと断言できる。

「おっと。宿に行かなきゃな」

道草食っている場合じゃない。オススメされた宿に向かわなければ。

確か、駅から真《ま》っ直《す》ぐ歩いたところにあると言っていたな。

メインストリートを真っ直ぐ進んでいると、老紳士にオススメされた宿の看板を見つけた。

さっそく受付で宿泊した旨を伝え、従業員に部屋へと案内してもらったのだが……。

宿屋でも帝国との違いが浮き彫りになる。

一階に食堂もあって、宿泊費とは別料金だが格安で朝昼晩と食事が楽しめる。

部屋もそこそこ広く、ベッドも大きい。毎日昼間にシーツを取り替えてくれて、掃除もしてくれる。衣類の洗濯をしてくれるサービスもある。

ここまではいい。帝国帝都でも高額な宿泊料を支払う高級宿に泊まれば、これくらいのサービスは行ってくれるだろう。

だが、問題は客室の設備だ。

まず最初に驚いたのは部屋の照明。

案内してくれた従業員が壁にあったスイッチをパチンと指で弾《はじ》いた。すると、天井からぶら下がっていた照明が光って室内を明るく照らす。

「照明も魔導具なんですか？」

「はい、そうですよ」

驚きだ。帝国の宿ではランタンが置かれているくらいだった。酷《ひど》い宿だと蝋燭《ろうそく》一本のところさえあったのに。

こっちは天井の照明に加えて、ベッドサイドの小さなテーブルの上に最新式の魔導ランタンまで置かれている。

「こちらがシャワールームです」

次はシャワールームなる部屋の利用方法を教わった。

「このレバーを捻《ひね》るとお湯が出ます。いつでも温かいお湯で体が洗えますよ」

実際に従業員がレバーを捻ると、ジャーッと勢いよくお湯が出た。出た瞬間湯気まで立っていて、本当にお湯が出るんだと驚いてしまった。

帝国の宿なんて沸かしたお湯にタオルを浸して体を拭く程度しかできないか、あるいは公衆浴場へ行くしかないのに。

「こっちは洗面所です。青い方へレバーを捻ると水が出ます」

これら水道やシャワールームを筆頭に、部屋の中には魔導具がいっぱいだ。

一番驚いたのは室内にある小さな冷蔵庫だ。

開けば冷気が漂って、中に瓶の飲み物を入れておけば勝手に冷やしてくれる。帝国では厨房《ちゅうぼう》に置く巨大なサイズのものしかなく、平民家庭や宿になんて普及していなかったのに……。

「こちらは湯沸かし用の魔導具です。隣にある紅茶の葉はサービス品ですので、なくなったら我々従業員に申し付け下さい」

……なんだこれ。

こんなにも便利な魔導具に囲まれた生活なんて、帝国では金持ちな貴族か王族くらいしか送れないだろう。

部屋に備わった魔導具の数だけでいえば、間違いなく上位貴族レベル……いや、上位貴族の屋敷でもこれほど多くの魔導具はないかもしれない。

俺は泊まる宿のランクを間違えてしまったのだろうか？

「あの、ここの部屋はスイートルームですか？　自分は通常ランクの部屋をお願いしたのですが」

「え？　ここが通常ランクの個室ですよ？」

従業員曰く、これが第二ダンジョン都市では普通のランクらしい。

俺はいつの間にか別世界へ迷い込んでしまったのか？

これだけの魔導具が揃っていて宿泊料金が一泊千ローズ。帝国の通貨を換金し、それを元に考えるとちょっと割高かな？　と思うくらい。

ただ、これは俺が帝国で騎士団に勤めており、まぁまぁな給料を貰《もら》っていたのもあるだろう。帝国の平民からすれば高いと感じるかもしれない。

それでも連泊契約すれば割引してくれるってんだから驚きである。

客室に荷物を置き、そのあとはローズベル王国の市場に出向いた。

帝国時代に貯《た》めた貯金のおかげである程度は生活できるだろうが、日々の出費がどれほどになるかを調査するのは大事だろう。

宿の従業員が教えてくれた通り、西区にある市場は露店の集合体のような場所だ。

食料品を扱う露店だけじゃなく、生活に使う金物や小物を扱う露店まで並んでいるのが特徴だろうか。

市場に入って周囲を観察しながら進んでいると、最初に目に入ったのは瑞々《みずみず》しく色艶の良いリンゴだった。

果物を専門に扱う露店らしく、店先には果物しか並んでいない。

俺が露店の前に立つと店主は「いらっしゃい！」と活気の良い声を上げた。

ただ、俺の視線は並んだ木箱の中にあるリンゴに釘付《くぎづ》けだ。実際にリンゴを手に取っても俺の驚きは変わらない。

これだけ綺麗で見るからに質の良さそうリンゴは久々に見た。帝国の平民市場に売られている果物や野菜なんて萎《しな》びていたり、虫食いがあったり、酷いものになると腐っていたりといった状態が普通だったからな。

思わず「美味《うま》そうだな」なんて小声で漏らしてしまいながらも、価格を明記した板に目を向ける。

「嘘だろ……」

リンゴ一つの価格は五十ローズ。こちらもリンゴ一個の単価だけで帝国と比べると少しだけ高い。だが、質の良さも加味すると十分安いと言えるだろう。

どっちを食べたいか、と問われたら、俺は確実にローズベルのリンゴを食べたいと答える。

ただ、不思議なのは価格だ。これだけ質が良ければもっと高いんじゃないだろうか？　帝国でも良質なものは貴族くらいしか買えないような価格であったし……。

疑問に思った俺は、正直に店主へ問う事にした。

「すみません。帝国からやってきたんですが、この価格は普通なんですか？」

俺は手に持ったリンゴを店主に向けつつも価格を問う。

「ん？　そうだよ」

だが、店主の反応は至って普通だ。価格の設定ミスでもないらしい。

「そ、そうなんですか……」

「ああ、でもウチは水曜に特売やってんだ。水曜は一部の商品が安くなるからな。是非寄ってくれよ！」

更には特定の曜日に「特売日」なるサービスまで実施しているようだ。

「さ、更に安くもなるんですか……」

帝国にはなかった商売の概念に驚きつつも、俺は手に取ったリンゴを買った。

リンゴを片手に市場を回っていくと、果物を扱う他の露店では値段が少しだけ安い。その後も数軒回ってみたが、ある程度の価格競争はあるようだ。

しかし、結果的にはローズベルの市場に恐《おそ》れ戦《おのの》いてしまった。

やはり、どれもこれも帝国より品質が良い。果物だけじゃなく野菜だって萎びてないし、当然ながら腐ったものが陳列されている事などなかった。

特に驚いたのは小麦の価格だろうか。

小麦に限っては帝国よりも安かった。もちろん、品質が悪いといったようには見えない普通の小麦だ。

当然、それも何故《なぜ》か訊《き》いた。

「小麦に限っては国が農家から全部買い取って、国が価格調整しながら各都市に卸してんだ。ウチもただの小麦屋じゃなくて、都市役場の契約店だよ」

小麦を販売する店に限ってだが、個人商店ではなく役場の経済管理部が出店する国営販売所が小麦を販売しているらしい。

店先に立つのも店員や店主ではなく、役場の販売担当部門員なんだとか。

彼曰く、ローズベル王国内の農家が育てた小麦は国が一括で買い取り、小麦の価格が変動しないよう調整しながら国営販売している。これは国民が飢えないように施された政策らしい。

ただ、俺のような料理ができない人間が小麦を安い価格で買えてもしょうがないか。そう思っていたが、隣の店を見て納得した。

「隣は役場出店のパン屋だよ。まぁ、本職には敵《かな》わないけどね」

隣でパンを売る店も役場が運営する露店らしい。

商品はバゲットだけであるが、小麦が安いせいかパンの単価も物凄《ものすご》く安い。ただ、作り置きされたものらしく、バゲットを見てもすごく欲しいとは思わない。

「焼きたてのパンや種類を増やすと本職が潰れちゃうからね。食うに困った人が利用するってやつさ」

なるほど。本職を潰さないように敢《あ》えて差別化しているのか。

市街地にあるパン屋だったら焼きたてを買えるし、他にもパンの種類は豊富にあるらしい。肉を挟んだパンやらパイやらも売っているので、お金がある人はパン屋へ足を運ぶ事になるのだろう。

ただ、小麦が安く買えるからといって、パン屋も非常識な価格で販売していると役場からの監査が入るのだとか。他にも食料品に関しては税金の緩和などが影響して役場からのチェックが厳しいらしい。

しかし、最低限の食料だけでも安く買えるのは国民にとって有難い事なんじゃないだろうか。帝国にはそのような温情が一つもなかったわけだし。

「お客さん、外国から来たのかい？」

「ええ、そうなんですよ」

小麦販売所の男性に問われ、素直に答えると彼は「ああ、なるほど」と納得したような表情を浮かべる。

「小麦も驚きですが、野菜や果物も質が良いですよね？　何か秘密があるんですか？」

正直に疑問をぶつけると、男性は笑いながら答えてくれた。

「ダンジョンがあるからさ。ローズベルの北にあるダンジョン内で畑作ってんだ。一日中天候が変わらないから、水さえやればよく育つんだよ」

「ダンジョンの中で栽培!?　は、畑を!?」

ダンジョン内で栽培されたものがどうして品質向上に繋《つな》がるかは不明だが、ある程度の品質を保ったまま大量栽培できるのだろうか。もちろんダンジョン内だけじゃなく、外でも栽培はされているようだが。

更には各地方で生産された作物は、列車で国内中にまとめて輸送できるので経費も削減され、販売価格自体も抑えられているそうだ。

話を聞いた俺は、驚きを隠せないまま販売所を後にした。

他にも肉屋や魚屋を見て回ったが、こちらの価格は特別安いということはなかった。

むしろ、高い。それでもやはり品質は帝国より上に見えたが。

訳を店主に訊くと、肉になる動物は畜産業者が育てて卸して、魚は漁師が獲《と》ったものを卸しているのだとか。

「野菜や果物みたいにダンジョン内で育てたりは？」

もしや、と思って訊いてみたが肉屋の店主は首を振る。

「可能かもしれないが、お国がやってないからねぇ。お国がやってない事をダンジョン内で好き勝手やるわけにはいかないよ」

あくまでもダンジョンの利用方法は国の管理下で行っているのだろう。

まぁ当たり前か。

「魔物の肉は食えないからな。同じ肉だと考えると、ダンジョン内で動物を育てるのも難しいのかもしれないね。昔はダンジョン産の野菜や果物も皆怖がって食わなかったからな」

ダンジョン内にいる魔物の肉には毒がある。これは各国共通の常識だ。

魔物の肉と動物の肉の厳密な違いは分からないが、肉という部分に関しては共通している。恐らく、他の人間も「肉」という共通部分に目を向けて、ダンジョン内で生まれ育った動物の肉にも毒が含まれるのではないか？　と疑問を抱くだろう。

店主も言っていたが、ローズベル王国で実施されたダンジョン内栽培で採れたダンジョン産の作物にも毒があるんじゃないかと一時は噂が飛び交ったらしい。

ただ、今ではダンジョン産の野菜や果物を食べても安全という事実が広まった事もあって、肉屋の店主が言うには「いつか畜産業も始まるのでは」と零していた。

確かに野菜や果物が問題なくて動物肉だけがダメなんて……。いや、この辺りは偉い学者に任せよう。

「う～ん……。王国のダンジョンはすごいな。中がどうなっているのか見てみたくなってきた」

国が違えばこうも変わるのか。ダンジョンにこれほどの恩恵があるとは知らなかった。

帝国にはダンジョンが一つしかないし、ローズベルと同じような事はできまい。これが大陸一のダンジョン保有国ならではの力か。

大昔にダンジョンで苦労したからこそ、苦しめられたダンジョンを利用して成功してやる！　という国の執念が凄《すさ》まじいのかもしれないが。

「しかし、味はどうかな？」

市場を後にした俺は、適当な食堂に入って昼食を食べた。

帝国の飯より美味かった。

ローズベル王国ヤバイ。


「さて、もう少し観光を……おや？」

西区から東区にあるという観光スポットに向かって歩いていると、道の先にローズベル王国の鎧を着た騎士の集団を見つけた。

彼らが着る鎧には馴染《なじ》みがある。というのも、帝国騎士団と王国騎士団は二年に一度の交流試合を行っていたからだ。国同士の武力を見せ合って研鑽《けんさん》を積むという目的であるが、俺は何度もその交流試合に参加していた。

そこで俺はライバルと呼ぶべき相手と巡り合ったのだが――そのライバルが集団の中にいるではないか。

「ベイル？」

輝くような金髪と一度見たら忘れないであろう王子様フェイス。

間違いない。

「え？　アッシュ？」

思わず彼の名を口にすると、向こうも俺の姿に気付いたようだ。

「一年振りだ！」

「久しぶりだな！」

そして、笑顔でこちらに近寄ってくる。俺達は自然と握手を交わし一年振りの再会を喜びあった。

「どうしてここに？」

「実は、ちょっと色々あってね。今は……旅行みたいなものさ」

どうしてローズベルにいるのかと問われ、俺は事情を濁しながらも訪れた理由を告げた。

すると、彼は俺の顔を見て何か察したのだろう。

「今夜は暇かい？　今は仕事中だから、よかったら今夜一緒に飲まないか？　歓迎の意を込めて奢《おご》らせてくれ」

「え？　本当か？」

「ああ、勿論さ！」

彼の計らいを無駄にするのも悪いだろう。素直に俺は提案を受け入れる事にした。色々と話も聞けそうだしな。

「では、夜の七時にあの時計塔の下で待ち合わせしよう。分かり易《やす》いだろう？」

「承知したよ。ありがとう」

俺はライバルでありながら他国の友人であったベイルと一旦別れ、合流を楽しみにしながら再び都市の観光を楽しむ事にしたのだった。

四・　友の誘い

約束の待ち合わせ時間十分前に到着すると、既に相手の姿があった。慌てて駆け寄ると、ベイルもこちらに気付いたようだ。

挨拶を交わし、さっそく俺達はベイルがオススメする店へ向かう事に。

向かった先は中央区にあるビアガーデンだ。

中央区は貴族向けの区画だと聞いていたが……。高級品ばかりで高いんじゃないだろうか？

「中央区にある店は全て貴族向けというわけではないよ。他の区画にある店より少し高いくらいさ。まぁ、今日は気にせず飲んでくれ！」

二人とも最初はとりあえずビールとなった。ジョッキに注がれた黄金色の酒に喉を鳴らしながらも、俺達は「再会に乾杯！」とジョッキを合わせて音を鳴らす。

ローズベル産のビールも最高だ！　泡がきめ細かく、何より喉越しが最高！

「しかし、どうしてローズベルに？　どうも訳ありに見えたが」

ベイルが気になるのも無理はない。長い休暇が取れない職業なのはお互い様で、それが分かっているからこその疑問なのだろう。

「実は……」

俺は帝国で起こった人生の転落劇を正直に話した。彼に全部白状できたのは、きっと二年に一度の舞台で共に実力をぶつけ合うライバルだからだろう。

国は違えど名で呼び合うほどの友であり、同じく高みを目指す騎士だったから。二年に一度の熱い試合をして、終われば共に賞賛し合う親友とも呼べる仲だからか。俺の口からはどんどんと想《おも》いが飛び出していく。

……いや、むしろ、俺は誰かに吐き出したかったのかもしれない。

「……そうか。それは災難だったね」

愚痴混じりの支離滅裂な説明に聞こえたかもしれないのに、辛抱強く聞いてくれたのは本当に有難かった。真剣に俺の話を聞いてくれたベイルが、自分の事のように悲痛な表情を浮かべてくれたことも。

「だから、ローズベル王国を旅行しようと思ってね。帝国から離れたかったのもあるが」

「なるほど。しかし、帝国は馬鹿な事をした。優秀な騎士を自ら手放すなんてね」

そう言ってフォローしてくれるだけで嬉しかった。

俺を指差しながらウィンクしてきた。俺が女だったらこの時点で惚《ほ》れているだろう。彼の王子様っぽい仕草に思わず口角を吊《つ》り上げてしまう。

だが、悪いけど俺は男だ。ジョッキを傾けて、愚痴で渇いた喉を潤わせた。

「でも、僕としては有難いな」

そう言葉を続けたベイルに顔を向けると、彼は少し困った顔で言う。

「実は今年から第二ダンジョン都市の騎士団に赴任する事になってね。去年までのように交流試合には出られなくなってしまったんだ」

ダンジョン都市に常駐する騎士団は、ダンジョンの運営をする管理人の補佐とダンジョンから魔物が溢れないよう監視・防衛を行う業務が主な内容だそうで。

よって、ダンジョンでの魔物退治を生業《なりわい》とするハンター、その管理協会であるハンター協会と連携しながら万が一に備えねばならない。仮にダンジョンから魔物が溢れたらダンジョン都市は阿鼻《あび》叫喚《きょうかん》の地獄と化すからだ。

それを考えると、確かに騎士団長となった彼が都市を離れるわけにはいかないか。

「だから、僕としてはアッシュがローズベルにこのまま根付いてくれると嬉しいよ。出世する度に気楽に話せる友人は失われていくからね……。こうして酒を飲みながら話せるだけでも嬉しいもんさ」

大きなため息を零したベイルを見て彼も彼なりに大変なんだなと感じてしまった。

しかし、そう誘われると悪い気はしない。むしろ、ローズベル王国の環境もあって、ここに残るのが正解にすら思えてしまう。

「ここはすごい良い所だよなぁ。正直、帝国より何倍も住みやすそうだと感じてしまったよ」

「なら、良いじゃないか。騎士団……は貴族絡みが嫌だろうからね。ダンジョン狩人《ハンター》なんてどうだい？　アッシュの腕前なら相当稼げるよ」

ローズベル王国は帝国ほど貴族と平民の間に温度差はないらしいが、騎士団に所属すれば貴族と顔を合わせる機会も増えるようだ。

今しがた話した俺の苦い経験を考慮して、騎士団よりハンターを勧めてくれたのだろう。

本当に気遣いのできる良い男だ。

「ハンターってのはダンジョンで魔物を狩る仕事をしているんだよな？」

「そうだよ。魔物を狩って、魔物の体内にある魔石を採取するんだ。他にも革や内臓といった部分も採取すれば、協会が買い取ってくれるよ」

採取する素材や価格については狩った魔物にもよるがね、と彼は付け加える。

――ハンターとは騎士団のように給料制ではない。己の実力でどこまでも稼げる夢とロマン溢れる仕事……と言えば聞こえは良いが、実力に左右される不安定な職業とも言えるだろう。

それに相手は話の通じない魔物である。危険もたっぷりな仕事であるが、その点俺は対魔物に対して多少は戦い慣れているのが幸いか。

「へぇ～。どれくらい稼げるんだい？」

「実力や狩る魔物にもよるけど、生活には困らないと思う。凄腕《すごうで》のハンターは一日で高級宿の宿泊費一週間分は稼ぐんじゃないかな？」

「ほー。そんなにか……」

「魔物の素材は需要によって値段が上がる可能性を秘めているからね。凶暴な魔物の素材は常に高値で買い取られる。他にも季節に応じて毛皮が高くなったり、新しい魔導具がリリースされれば魔石の値段も上昇するんだ」

一部の人間しか狩れない凶暴な魔物の素材は研究所が研究材料として高値で買い取ってくれるし、季節毎に王国内で需要が増す素材はその季節に応じてボーナスが加算されるようだ。

なるほど、確かに稼げそうだな。実力さえあればの話だが。

「ただ、デメリットもあるんだ。この国特有の職業であるハンターは認可制でね。ライセンスを取得すると他国へ移住ができなくなってしまう。これは対魔物で実力を上げたハンターが戦争に駆り出されないようにする処置なんだ」

対魔物戦で腕を上げた人間は、下手な騎士よりも実力が高くなっている。そんな人間が他国に移住して、いざローズベル王国と戦争が勃発した際に駆り出されたら大変だ。

加えて、ローズベル王国で採取された魔物素材を他国へ勝手に持ち出さないようにするためでもある。

製品として完成した魔導具は他国へも出すが、未だ解明されていない研究対象に繋がるものは何一つ取り逃さない、そういった覚悟の表れだろう。逆を言えば、他国へ輸出されている魔導具は既に重要視されていないとも言えるが。

とにかく、それらを防止するためにもローズベル王国でハンターライセンスを取得した者は王国から出る事ができない。国籍離脱不可の王国法適用と国民の義務として税金の支払いが課せられる。入るのは簡単だが、出るには厳しい。それがローズベル王国というやつなのだろう。

ただ、逆に言えばライセンスを取得さえすればローズベル王国の国民になれるのだ。そういった意味でも、他国から脱出したいがためにハンターになる人間は多いらしい。

「なるほど。ある意味、夢のある仕事だな」

「そうだね。他国の人間や平民からはハンターになって一攫千金《いっかくせんきん》、貴族のような金に困らない生活を……なんて、希望に満ち溢れた人が多いよ」

しかし、実際は魔物と戦う危険な仕事だ。命を落とす人も多く、一攫千金を実現するにはかなりの実力が必要。彼は包み隠さずハンターの実態を話してくれた。

「君ほどの実力を埋もれさせるのは惜しい。僕としては有能な元騎士がハンターになってくれれば仕事が減って楽ができそうだ。そうしたら、こうして友人と飲む時間も作れそうだしね」

できれば騎士団に入団してほしいが、なんて言いながらベイルはグラスを傾けた。

正直、勧誘文句だったとしても嬉しい言葉だ。それに自分でも俺は剣を振るうくらいしか能がない人間だと自覚しているのもある。

自由気ままなハンター生活か。帝国に戻る気もないし、それもアリかもな……。

そう思っていると、彼は懐から銀のケースを取り出した。中身はタバコだ。

「それ、タバコかい？」

「ああ、うん。吸うんだったっけ？」

「いや、例の彼女ができた時に止めたんだがね。もう解禁してもいいかなって」

「そうか。じゃあ、一本どうぞ」

俺は遠慮なく一本頂き、彼の持っていたマッチで火を点けた。久々のタバコは喉にクる な。だが、帝国のものより上等で煙がまろやかだ。

「う〜ん。タバコ一つとっても上等だなぁ。この国は」

「ははは。そうかい？　じゃあ、もっと良いものを注文しよう」

そう言って、彼はウェイターに新しい酒を注文した。運ばれてきた瓶のラベルを見ると、どうやらウィスキーのようだ。

新しいグラスにウィスキーを注いでくれて、再び二人で乾杯した。

「……おお！　美味い！」

「だろう？　ダンジョン産の大麦を使ったものでね。その中でも特別な栽培方法を用いて作られた大麦のみを使った一本さ」

他国には輸出していない、国内のみで味わえるウィスキーだそうだ。

うーん。これは美味い。一口飲んだだけでファンになってしまった。

「ハンターになって稼いでさ。酒とタバコを楽しみながらのんびり暮らすのも悪くないんじゃないかい？」

「ははは。さすがは騎士団長。交渉に長《た》けているね。これを最初に出していたらもっと話は早かっただろうに」

俺達は笑いながらグラスを掲げ合った。

「ダンジョンや協会も見学はできるのかい？」

「ああ、できるよ。南区にある協会に行って、受付で見学を申し出れば案内してくれるはずだ。そこで気になる点も聞くと教えてくれるよ」

「そうか。じゃあ、近いうちに行ってみようかな」

こうして、俺達は再会を祝した飲み会を楽しく過ごした。

翌日になって、俺はダンジョンと協会を見学しに行く事になるのだが……。

まさか見学どころじゃ済まない事態になるとは、酒とタバコを楽しむ俺だけじゃなく、目の前で笑うベイルすらも予想していなかっただろう。

五・ハンター協会

朝が来た。新しい朝が来た。

「うーん」

ベッドの上で体を伸ばしたあと、俺は昨晩の事を思い返す。

ベイルと飲んだ酒は最高だった。タバコも最高だった。

飲んだ帰り道に酒屋とタバコ屋を紹介してもらい「再会の記念に」と言われて酒とタバコをプレゼントされてしまった。

宿に帰ってからは、さっそく頂いた酒とタバコを楽しんだんだっけ。

その証拠に、テーブルの上には開けっ放しの酒瓶とタバコを揉《も》み消《け》した灰皿が置いてある。

いい気分になってふかふかのベッドで就寝したわけだが。

「なんて最高なんだ」

毎朝早く起きなくていい。眠くなったら寝て、目が覚めたら起きる。騎士団を辞めた今、こんな生活が続くのか。どうにかなってしまいそうだ。

「これは……。早々に仕事しないとダメ人間になりそうだ」

自堕落な生活は何とも素晴らしい。このままだと換金した金が尽きるまでダラダラと遊んで過ごしてしまう気がする。

俺は自分の頬《ほお》を手で叩《たた》き、活を入れてから重い腰を上げた。着替えたあとに食堂に行き、宿の朝食を頼む。

「モーニングセットお願いします」

配膳されたメニューは白パンに野菜のスープ。サラダと卵とベーコンといったラインナップ。これがローズベル王国において朝食の基本形となるメニューだそうな。

パンは焼きたてで温かく、ふかふかで柔らかい。野菜のスープは具がたっぷりであっさりとした味わい。サラダには「まよねーず」なるソースが掛かっていて、卵はベーコンの油を吸っていて美味い。

途中、味変でトマトピューレをかけたが、それも美味しかった。

これだけ食べられて、価格もそう高くない。ローズベル王国人にとっては「安くてたくさん食べられる」といった感じになるのだろうか。

帝国で同じ価格帯の料理を頼むと、材料の『質』に関して保証されなくなるからな。萎びた野菜やゴムみたいな肉が出てくるはずだ。

「恐るべし、ローズベル王国」

ダメだ。二日目を迎えて早々に王国から離れたくなくなってきた。

ともなれば、尚更《なおさら》仕事を見つけなければ。朝食を終えた俺は、さっそく南区へ向かう事にした。


「えっと、協会は……。あれか？」

そのまましばらくメインストリートを歩いていると、南区で一番背の高い建物を見つけた。

コンクリートで作られた四階建ての建物だ。入り口にあるスイングドアを押して入っていく人々の恰好《かっこう》は、鉄製の鎧や革の胸当てを身に着けていて如何《いか》にも戦士といった感じ。

外にいても中の喧騒《けんそう》が聞こえてきていて、随分と賑《にぎ》やかな感じだが。

「どうにも様子がおかしいような……」

外まで聞こえてくる声は怒号がほとんどだ。どうにも中にいる人達が慌てているように聞こえる。

疑問に思いながらも協会の前に向かい、入り口前にある三段ほどの階段を上がってスイングドアを押して入った。

「どうすんだよ！　行くのか、行かねえのか!?」

「だからー！　まだ状況が分からないんだって！」

「騎士団からの連絡は!?」

「ああー、もう！　ちょっと非番の職員も全員呼んで！　人が足りないわよ！」

入り口で呆気《あっけ》にとられる俺が見たのは、建物内にひしめく人、ヒト、ひと。ハンターらしき人達が建物の中で不機嫌そうに腕を組みながら待機しており、逆に職員らしき人達は忙しそうに走り回っている。

入り口傍にあるカウンターの向こう側は職員達のデスクが並んでいるが、デスクに向かい合う職員達は何やら地図のようなものを広げて睨《にら》み合っていた。

他にも耳に何やら魔導具のようなものを当てて、独り言のような事を叫ぶ姿も見える。

「タイミングが悪かったかな……？」

どうにも忙しそうだ。もしくは、これが日常なのだろうか？　皆目見当もつかない俺が内部の様子を眺めていると――

「いや、良いタイミングだよ」

そう言って肩に手を置かれた。首だけで振り返れば、昨日一緒に飲んだばかりのベイルと他にも騎士達の姿が。それも鎧を身に着けて帯剣したフル装備状態だ。

「すまない、アッシュ。ちょっと手を貸してくれないか？」

「え？　ああ。いいけど……？」

何が起きているのか、何を頼まれているのかは不明だが、俺はひとまず彼の後に続く。

彼はハンター達が開けた道を進み、カウンターの前に行くと職員の女性を手招いた。

「ベイル様。どうでしたか？」

「やはり、氾濫が起きそうだ。地下十階層で魔物が異常発生していると連絡が来た」

彼と職員のやり取りを聞いて、ようやく騒ぎの原因が分かった。

ダンジョン内の魔物が異常発生して、それが地上を目指して進んでいるのだろう。

──ダンジョンとは、一言で言うと摩訶不思議《まかふしぎ》な魔物の巣だ。

人類の歴史上ずっとそこにあって、どうやって誕生したかも未だ解明されていない。

ローズベル王国ではダンジョン経済というものが成り立つまでは、中から溢れてくる魔物が人々を苦しめる地獄の箱庭といったところか。

誕生した理由・原因も不明であるが、何より分からないのは「どうして魔物が徘徊《はいかい》しているのか」である。

ダンジョンにはいくつかの階層があるのだが……。例えば一階層に徘徊する魔物を全て駆逐したとしよう。だが、翌日になると駆逐したはずの魔物が元通り徘徊している。

他にも不思議なのは、討伐した魔物の死体を放置しておくと溶けるようにダンジョンの床へ消えていったり、ダンジョンによってはダンジョン内に太陽のようなものがサンサンと輝いている場所さえある。

徘徊する魔物の種類も場所によって違う。階層が深くなっていくにつれて凶暴な魔物が増えていくのは共通しているが、各地にあるダンジョンの内部構造は全てどこかが違っている。

もう一つ、最悪なのは時おりダンジョン内に巣食う魔物が凶暴化して外に出ようと侵攻を始める。この理屈は不明であるが、ダンジョン内の魔物の数が一定数を超えて縄張り等の問題から発生する現象なのではないか、と言われている。

外に向かって侵攻を始めた魔物は目に付く物や人間を徹底的に攻撃する。最終防衛ラインであるダンジョン入り口までに殲滅《せんめつ》できなければ、魔物達は人間達の生活圏へと溢れ出てきてしまうだろう。

ただし、どういうわけか、魔物はダンジョンの外に出ると一ヵ月程度で死んでしまう。元気に破壊活動をしていた魔物達がぱったりと動かなくなり、そのまま死体へ変わってしまうのだ。

そういった事もあって、最悪一ヵ月過ぎれば地上には平和が戻る。

しかし、その一ヵ月間は破壊の限りを尽くすわけで。過去に起きた魔物の氾濫では、街だけじゃなく国まで滅んだ事例さえあるのだ。被害を考えると防止と阻止に努める方が利口だろう。

纏《まと》めると、ダンジョンも魔法と同じく人類にとって謎多き存在だ。

まぁ、ダンジョン経済で潤うローズベル王国のように、謎多き未知なるものを活用する人類も強《したた》かと言わざるを得ないが。

「異常発生している魔物の種類は特定できておりますか？」

「ああ、十階層にいるブルーエイプだ。数は三百以上と偵察隊から連絡が来た。集団になって上に続く階段へ詰めかけているそうだ」

一時的に上層へ続く階段を封鎖して、魔物の群れを塞《せ》き止めているようだがそれも長くは持たないという。

「騎士団はハンター協会へ緊急要請を掛ける。最低でもブルーエイプに立ち向かえる者がいいが、人選は協会に任せよう。全員で三階層にて待ち伏せ、上がってくるブルーエイプを全て撃滅する」

「はい。承知しました」

「それと、緊急事態だからな。助っ人《すけと》が欲しい」

そう言って、ベイルは俺に顔を向けた。

「アッシュ、我々と共闘してくれないか？」

とても良い笑顔で言われてしまった。まぁ、自分としてはダンジョン内も見学できるので構わないのだが。

「そちらの方は？　初めて見る方ですが」

職員の女性が俺を見ながら首を傾《かし》げる。

「ああ。最近、旅行に来た私の友人でね。腕前は保証するよ。なんたって、私と互角かそれ以上の実力者だ。ライセンスは持っていないが、騎士団の客将扱いで参戦していただく」

「え!?　ベイル様と互角、ですか？」

俺の紹介に驚く職員の女性。二人の話を聞いていた他のハンター達からも同じく声が上がった。謙遜する暇もなく、ベイルの部下が「本当ですか？」と疑問を口にした。

「本当だよ。彼は帝国の元騎士だ。『皆殺しのアッシュ』と言えば分かるかい？」

彼が俺の異名を言った途端、他の騎士達からも驚きの声が上がる。

「その名は止めてくれ……」

帝国では対人戦が騎士の華とされているが、俺のような魔物をも狩る野蛮な騎士を揶揄する象徴として付いた名だ。

加えて、魔物の群れから平民を守るために隊の仲間に犠牲が出たこと。この事も含めて、俺は魔物も仲間も『皆殺し』にすると貴族家出身の騎士達から侮蔑するように囁かれた。

当時、そのような者に授爵させるなどと議論を呼んだのだが……。授爵に至ったのは副団長と当時の婚約者であるラフィ嬢の父親がゴリ押しした結果でもある。

というか、魔物の氾濫を食い止めたのに「野蛮」扱いされるのは、今考えてもおかしいだろう。食い止めなきゃ平民に多数の死者が出ていたし、街にまで被害が及んでいたはずだ。

まぁ、貴族主義である帝国貴族達は平民への被害など何も考えていなかったのだろうが。

「良い名じゃないか。かつて帝国で起きた氾濫を食い止めた騎士。迫りくる魔物を一匹たりとも通さなかったその腕前を存分に発揮してくれ」

しかし、ローズベル王国では違った意味で歓迎されるようだ。あまり対魔物戦を重視していない帝国と違って、魔物との戦闘に及ぶ歴史が長いからだろうか。

「どうだい？　参加してくれれば報酬も出すよ。ハンターとしてのお試し体験としては十分じゃないかな？」

そう言われては乗らないわけにはいかない。それに昨晩奢ってくれた分くらいは返したいし。

「分かった。やろう」

決断すると、彼はとても良い笑顔になった。

「今度は対戦するのではなく、共闘できるとはね。嬉しいよ」

「精々、君の邪魔にならないよう努めるさ」

そう言い合って、俺達は握手を交わした。

見学だけのつもりで来たが、むしろ良い機会かもしれない。王国のダンジョンがどれほどのものなのか、俺の実力でも通用するのか試させてもらおう。

六・共闘

ダンジョン都市防衛に参戦した俺は、ベイル率いる騎士団とハンター達に交じってダンジョンの入り口まで案内された。

第二ダンジョン都市にあるダンジョンは都市の南側にある鉄門を越えた先に存在しており、その外観は人工的な遺跡と表現すべきものであった。

鉄門から先には石畳でできた道があり、その途中には崩れた石柱が等間隔で立っている。奥にはダンジョンの入り口があるのだが、それも白い石で組み上げられていて、まさに遺跡の入り口といった感じだ。

両開きになった石の門から先を覗き込むと、細長い石造りの床と壁が続いているのが見える。壁には魔導具らしきランタンが取り付けられており、それによって内部の明るさを保っているようだ。

「さて、アッシュ。武器と防具はどうする？」

ダンジョン入り口にはテントや屋台のような作業台、巨大なタープが設営されていて、それらの近くには騎士団で用意したであろう武器と防具が揃っていた。

「まずは剣だな。ロングソードで」

俺がそう言うと、ベイルはタープの傍に立っていた部下に目配せする。無言で頷《うなず》いた騎士が剣を数本用意してくれて、簡易テーブルの上に置いた。

「これは魔導剣だ」

「魔導剣？」

初めて聞く武器の名を繰り返すと、ベイルが簡単に説明してくれた。

「これは我が国が開発した魔導兵器という種類の新しい武器でね。簡単に言うと、魔導具と武器の複合体かな。この魔導剣には切れ味が向上する機能が付与されているよ」

魔導剣とは通常の剣に何かしらの機能が備わった、次世代的な武器である。

こういった機能が備わる武器の総称としては『魔導兵器』と呼ばれているようだ。剣だけじゃなく、槍《やり》や弓などもある。

他国には輸出していないローズベル王国騎士団の主兵装。騎士であっても一定の位まで昇進しないと持たせてもらえない。

ハンターも同様に国から下賜されない限りは手に入れられない。これら魔導兵器を持つという事は、国から信頼された証でもある。

「そんな貴重な武器を使っていいのか？」

「僕が許可するから構わないよ。緊急事態だしね。好きな形のものを使ってくれ」

用意された魔導剣はどれも微妙に長さが違ったり、刀身の形が違っていた。全部で六種類あったが、その中でもスタンダードな長剣を手に取った。

軽く振ってみたが、重さも丁度良い。これでいいだろう。

「ガードの中央部分に窪《くぼ》みがあるだろう？　これは魔導兵器用に加工された魔石でね。その窪みにコレを入れるんだ」

ベイルが差し出してきたのは円柱型の水晶だった。水晶の内部には小さな赤い核があって、大きさは大人の人差し指一本分といったところだろうか。

「はめ込むと自動で起動するよ。効果の持続時間は一時間くらいかな。魔導剣として起動すると、刀身に薄いオーラが纏うんだ。それが切れ味強化の魔導機能が起動した証拠だよ」

戦闘開始前まで起動しないようにと注意されたので魔石を挿入していないが、どういう仕組みになっているんだろうか。

まぁ、王国のみで使われる兵器であるし、仕組みを訊いても教えてはくれないだろう。

「魔物の特徴は青い毛並みを持った一メートルサイズの猿だ。攻撃方法は単純で、どいつも馬鹿みたいに飛び回りながら距離を詰めてくる。接近後は服や頭部を掴まれ、石のように硬い拳で殴ってくる……って感じの魔物だよ」

「なるほど。じゃあ、捕まらないよう立ち回りながら斬ればいいんだな」

「そうだね。弱点は頭部。中途半端に胴体や四肢を斬っても動き回るから、確実に頭部にダメージを与えるか、首を切断するといい」

「了解した」

魔物の詳細を聞きながら、鞘《さや》をベルトに固定する。何度か剣を抜いて動作を確かめた。

「防具はどうする？」

「動きが速い魔物なんだろう？　軽装がいいな。胸当てはあるかい？」

俺がそう注文すると、出てきたのは鉄製の胸当てだ。最低でも鉄くらいの強度はないと厳しいと注意されたので、そのまま鉄の胸当てをチョイスした。

「ダンジョン内部に替えの装備も持ち込むから、戦闘中に必要となったら叫んでくれ。それで通じるから」

遠慮はいらないよ、と真剣な顔で言われた。まぁ、対魔物戦で遠慮していたらあの世へ直行だからな。

「よし、準備できたね。皆の準備も調ったら突入しよう」

◇　◇

ダンジョン内に踏み込んだ俺達であるが、第二ダンジョン都市のダンジョンは内部も遺跡のような造りであった。

石の床と石の壁、壁に取り付けられたランタン型の魔導具がなければ真っ暗なのだろう。

しばし大人二人分ほどの幅がある道を進むと、左右どちらに進むかハンター達を迷わせる分かれ道が。しかし、正面の壁には『左に進むと二階層へ続く階段アリ』と文字が刻まれていた。

浅い階層は全て攻略済みであり、造りも単純らしい。

「この先が一階層の終点さ」

左に曲がって、中央部分をぐるっと迂回《うかい》するように進むと大きな広場に出た。ここが一階層の終点であり、二階層に続く階段がある場所だという。

「三階層の階段前にバリケードを設置してある。そこで迎え撃つつもりだ」

俺とベイルを含めた本隊は三階層を目指すのだが、一部のハンター達は本隊が全滅、もしくは突破された時に備えて一階層と二階層の広場にも配備される。

一階層の広場に十人ほどハンターを残し、俺達は二階層に進んだ。

二階層の造りも一階層とほぼ同じ。道中、魔物にも遭遇しなかったので、ここも初心者エリアなのだろう。

一階層と同様にハンターを配置して、俺達は三階層に降りる階段を進んでいったのだが……。

ここからダンジョンの摩訶不思議な現象と構造を目の当たりにする事となる。

「おいおい、なんだこれは……？」

三階層に降り立った途端、目の前に広がるのは明らかに人工的に造られた神殿のような場所だった。

床は大理石のような材質でできていて、白い石を削って造ったような石柱が並ぶ。しかも、石柱は明らかにデザイン性があり、模様等の装飾が施されている。模様等の装飾が施されている。

そのデザインされた石柱が等間隔に並んでいて、上部には崩れた跡があった。恐らくは石柱の上に屋根か何かがあったのだろう。床に散乱する瓦礫《がれき》がそうだったのかもしれない。

他にも離れた場所には白い球体のオブジェが置かれていたり、人間の上半身らしき石膏像《せっこうぞう》が壊れて放置されていたり。奥には壊れた祭壇のようなものまであった。

何より、天井が高い。

明らかに降りてきた階段の数よりも天井が高いのだ。しかも、その天井には白いモヤが浮かんでいて、モヤの隙間からはうっすらと太陽のような光る球体が浮かんでいるのが見えた。

「ここが三階層だよ。ここは魔物が出現しないエリアなんだ。普段はハンターや騎士団のキャンプ地として利用しているね」

既にテントや備品の類《たぐい》は撤収されているようだが、普段はここに仮眠用のテントや食事の出張販売所まで並ぶらしい。

「あれがトイレだよ」

ベイルが指差した先にはその名残があった。木の板で囲まれた箱は簡易トイレだそうで、本当に普段はここがキャンプ地になっているんだな、と分かる。

「そして、あの崩れた祭壇の脇にあるのが四階層へ続く階段だよ。今は封鎖しているけどね」

視線をそちらに向けると、壊れた祭壇の右脇には鉄の板で封鎖された入り口が見える。何でも今回のように魔物の氾濫対策に緊急封鎖用の鉄扉《てっぴ》を展開する防衛用の道具が開発されているようだ。

魔物素材と鉄を混ぜ合わせて作られた合金板を筒状に折り畳んで、任意の場所に固定させる。そして、折り畳まれた合金板を展開する『シャッター』と呼ばれるものらしい。

「そこまで耐久性はないから一時的な足止めにしかならないけどね。ここより下の階層にも設置してきているから、多少は時間が稼げたはずだ」

すごい道具があるもんだ。ダンジョンで長年戦ってきた国ならではの知恵か。

感心しているのも束《つか》の間《ま》、シャッターの奥から「ドドドド」と何かが走る音が聞こえた。

「もう突破してきたか！　来るぞ！　戦闘準備！」

ベイルが騎士団とハンター達に大声で指示を出した。

「僕とアッシュが前衛として動く！　皆は漏れた魔物を処理してくれ！」

「団長、正気ですか!?」

俺も同じことを言いそうになったが、それより早くベイルがニヤッと笑う。

「大丈夫さ。僕とアッシュならね」

だろう？　と言われては頷くしかない。

俺も剣を抜いて構えを取った。渡されていた魔石を剣にはめ込むと、剣の刀身には薄い青のオーラが纏う。

これが起動した証《あかし》なのだろう。重さも変わらず、音すらない。剣の刀身を覆うオーラは水が循環するように流れ動いていた。

思わずオーラを指で触れたくなったが……止めておこう。指が切れて落ちたら怖い。

魔導剣の観察はこれくらいにしておき、俺はシャッターに視線を戻した。

さて、久々の魔物戦だがいけるかな……？

シャッターを睨《にら》みつけていると、足音がどんどん近づいてくる。そして、シャッターにドカンと何かがぶつかるような音が響いた。

しかも、何度も何度も連続して聞こえる。向こう側にいる魔物が行く手を阻むシャッターを破壊しようとしているのだろう。

ドカンドカンと音が鳴り響く中、魔物の断続的な攻撃を受けたシャッターは次第に歪《ゆが》んでいく。

ボコッと魔物の拳らしき跡が浮かんだり、上部に固定された杭《くい》が外れそうになって……。

「来るぞ！」

ドガン、とシャッターが弾《はじ》け飛んだ。すると、見えたのは青い毛並みを持った猿だ。

「ギィエアァアァッ!!」

俺達の前に現れた青い猿、あれがブルーエイプか。

事前情報通り、体長は一メートル程度。だが、溢れ出てきた猿共の数は三十を超えていて、最前列に立つ俺とベイルを視認すると雄叫《おたけ》びを上げた。

興奮しているような鳴き声を漏らしながら、その場でジャンプしたり、壊れた石柱に飛び移っていったり……とにかく、行動が猿っぽい。

いやまぁ、見た目は青い毛をした猿なのだが。

「キィエァァァッ！」

うち二匹が同時に俺とベイルに襲い掛かる。両足が生み出す跳躍力と瞬発力を見せつけ、掴みかかるように両腕を伸ばしてくるが……。

「うん。そんなに速くないな」

俺は間合いに入った猿の首に剣の刃を当てた。通常の剣を使う時と同じように振るったのだが、途中で拍子抜けしてしまうほど簡単に魔物の首が落ちた。その勢いのまま、猿の肩を斬り落としてしまうほど。

まるで熱したナイフでバターを切った時のような感触だ。

俺は思わず、魔導兵器として起動していた剣の威力に目を見張ってしまう。

「すっご！　なんだ、この剣!?」

「ははは、だろう？」

隣では同じように猿の首を落とすベイルが笑いながらこちらを見ていた。

笑いかけてくる彼に二匹目の猿が襲い掛かってくるが、相手の方を一度も見ないまま魔物の体を縦真っ二つに斬り裂いてしまう。

「これなら首を落とさずともいいんじゃないか？」

俺も二匹目の胴体を横一文字に両断。

しかし、自分で言った言葉が間違っていると気付かされた。

胴を横に両断されても尚《なお》、猿は死に絶えていない。両腕を振り回しながら、まだ攻撃しようとしてくるのだ。

「ああ、なるほど」

俺はすぐに上半身だけになった猿へトドメを刺す。頭部を破壊する事でようやく暴れ回る猿は大人しくなった。

「こいつらは特殊でね。どうにも執念深い！」

どうにも、頭部を破壊しないと死なない魔物らしい。帝国にいた頃に戦った魔物には、このような特徴を持つ魔物はいなかったな。

「ハンターってのも！　大変だなっと！」

俺は二匹同時に突っ込んできた猿のうち、一匹の首を斬り落とす。

波状攻撃しようと突っ込んできた残り一匹の腹を蹴飛ばし、次は石柱から飛び掛かってきた新たな猿の首元に剣を突き刺し、強引に斬り裂いた。

腹を蹴飛ばされた方が再び突っ込んでくるが、俺は伸ばされた腕を躱《かわ》して顔面を斬り裂く。

斬り裂いた瞬間、チラリと左を確認。案の定、別の個体が突っ込んでくる。

「フッ！」

体を回転させながら首を斬り飛ばす。切断した首が宙に舞うと、今しがた殺した個体の真後ろにもう一匹。

剣を戻し、死体の陰に隠れながらやってきた個体の口に剣先を突き込む。そのままの勢いで地面に突き倒し、腹を足で押さえながら口から引き抜いた剣を猿の眉間に突き刺した。

「でも、ブルーエイプの毛皮は高く買い取りしてくれるよ！　王都の貴族や豪商が着る冬服の材料として人気だからね！」

ベイルも俺と同じように、連続して飛び掛かってきた猿の間を滑るように動きながら次々に首を斬り飛ばしていく。その姿はさすがと言わざるを得ない。

「腕、上げたんじゃないか？」

言いながら、真横より飛び込んできた個体の首を刎《は》ね飛ばす。

「そういう君も、一年前より強くなっているじゃないか。相変わらず目の良さと相手の動きを読む力は一級品だな！　これはますますハンターになってこの国に永住してほしくなる！」

「そうかい？　訓練を続けていてよかったよ！」

また一匹。いや、二匹連続で首を刎ねる。

剣を戻し、また一匹。首を刎ねて、刎ねて、刎ね続ける。

「ああ、やっぱり君が必要だよ。もうずっと王国にいてほしい」

嬉しいことを言ってくれる。

会話しながら剣を振るっていると、俺達の周りにはどんどんブルーエイプの死体が積み重なっていた。

七・　夢のある仕事

最初にシャッターを突破してきた三十匹以上のブルーエイプを殲滅したアッシュとベイル。

その後、すぐに第二波として百匹を超えるブルーエイプの群れが三階層に出現するが……。

「あの、騎士様」

「お、おお。どうした？」

騎士の肩をちょんちょんと指で突《つつ》いた女性ハンター、それに応える騎士、二人共揃って動揺を隠しきれていない。

その理由は、目の前で繰り広げられる戦闘風景のせいだろう。

なんたって、最前列に位置するアッシュとベイルは笑いながら魔物を次々に始末していくのだ。

殺した魔物の死体は二人の周囲に積み重なっていて、それが余計に魔物から敵と認識させる。

徐々に魔物達の攻勢も苛烈になっていくが、それでも二人の笑顔は消《き》え失《う》せない。アハハ、と笑い声を上げながら魔物を屠《ほふ》る二人の姿は、後方にて待機する騎士とハンターを戦慄させるには十分であった。

「あの、ベイル様がお強いのは知っているんですが……。お隣の方はどなたなんでしょう？」

「……我々もベイル団長から聞かされていただけなんだが」

曰く、ローズベル王国騎士団の中でも優秀と評価されるベイルと同等かそれ以上の実力を持つ者。

帝国にて発生した五百を超える魔物の氾濫を、たった一つの隊で食い止めた。その中でも特に活躍していたのが、隊長であるアッシュという人物。

ベイルはアッシュについて語る際に「とにかく相手の動きを読むのが得意」「基本に忠実であり、戦いにおいて必要とされる基礎能力が高く、小細工も使いこなす」「人の何倍も度胸がある」と、かなり高く評価している。

彼は『皆殺しのアッシュ』との異名を得たそうだが、王国よりも対魔物戦を重視していない帝国では『魔物にだけは強い』と不名誉な意味を含む異名だった。

「彼が仕留めた魔物の数は単騎で二百を超えていたそうだが……」

「王国じゃ英雄クラスじゃないですか!?」

所変われば評価も変わる。

帝国では評価されなかったアッシュの功績も、ダンジョンを研究対象として経済発展の要としても利用するローズベル王国であれば英雄と呼ばれても遜色ない。

「戦った魔物の脅威度は分からないが、ベイル団長と同等って事は王国十剣と互角って事だよな」

王国十剣とは、かつてダンジョンを制御しようとしていた頃に活躍した十人の騎士達を称《たた》えて作られたローズベル王国独自の称号だ。

魔物の大氾濫を食い止めたり、火や氷を噴く凶悪な魔物を倒したり、国に大きな貢献をした騎士に与えられる名誉ある称号である。

現代の王国には十剣の称号を与えられた騎士が五人ほどいる。そのうちの一人がベイルであるのだが、アッシュが彼と互角であれば他の称号所持者とも良い勝負をするに違いない。

「……ブルーエイプ如《ごと》き、笑いながら倒せるはずですよね」

「まぁ……。我々にしては考えられんことだがな」

ブルーエイプだって決して弱い魔物じゃない。

単体の脅威度は低いものの、必ず群れで行動して襲い掛かってくるブルーエイプは、中堅以上の実力がなければ苦戦する相手だ。たとえアッシュが手にしている武器が魔導剣だとしても、普通はああも簡単には倒せまい。

一太刀《ひとたち》で的確に首を両断するなど、剣を持つ人間の地力《じりき》が高いからこその芸当である。

「我々騎士団としては有難い存在だが、ハンターからすれば食《く》い扶持《ぶち》が減ると文句が出るかね？」

「いえ、どうでしょう。半々じゃないですかね？」

そんな事を二人で話していると、ブルーエイプの鳴き声が止《や》んだ。顔を前に向ければ、どっさりと死体の山が出来上がっていて、その中心に立つ二人の強者がいた。

「何もせずに終わっちゃった……」

良いのか、悪いのか。ハンターの女性は口元を引《ひ》き攣《つ》らせながら笑った。

◇　◇

「さて、終わりかな？」

「どうだろう？　数えるのも面倒だな」

俺とベイルは剣を持ったまま、ひしゃげたシャッターがぶら下がる次階層への入り口に顔を向けた。そのまましばらく待機していても、猿共がやってくる気配はない。

「調査隊を送ろう。マーカス！　下に向かう調査隊を編成してくれ！」

ベイルが部下に指示を出すと、名指しされた者が「了解しました！」と声を上げた。騎士二十人とハンター五人の混成部隊が編成され、彼らは異常発生したブルーエイプの住処《すみか》である十階層を目指して階段を降りていった。

氾濫の予兆――現に異常発生して上層を目指し暴れ回ったブルーエイプが残っていないか、やつらの住処である十階層に異常がないかを確認して戻ってくるそうだが、それまで俺達は休憩を兼ねた待機となる。

「地下十階層は危険な場所なのかい？」

「いや、中堅ハンターの狩場となっているね。第二ダンジョンは今のところ、地下二十階層まで発見されているが、十五階層を越えると魔物の強さがグンと上がる」

ベイル曰く、十六階層からは翼を持った魔物が飛び回っていたり、魔法を使ってくる魔物も出現するとか。その代わり、生息数はそう多くないようで、第二ダンジョン都市が誕生してから十六階層に巣食う魔物が氾濫した事は一度もないという。

「さすがに十五階層より下の魔物が氾濫したら、他方面から騎士の増援を呼ばなきゃ厳しいね。そうなれば都市全体に緊急事態宣言がなされて、住民は丸ごと避難だよ」

そうして、騎士団とハンター達の決死の戦いが始まるわけだ。

緊急事態になった場合は全ハンター強制参加となる。そういった事態も想定するとなると、ハンターも夢と希望が詰まった職業とは言い難い。

「しかし、本当にアッシュがいてくれて助かった」

「はは、本当にタイミングが良かったんだな」

そう言って、ベイルは眠そうに大きなあくびをした。話を聞くに、どうやら昨晩の飲み会が終わった直後に九階層に潜っていたハンター達から「下の階層の様子がおかしい」と報告が来たそうだ。

すぐに騎士団とハンター達が共同で調査を進めたようだが、騎士団長であるベイルも寝る間もなく働いていたのだろう。対して、飲みくたびれて寝ていた自分……。

ちょっと後ろめたく感じてしまう。ブルーエイプの駆除で少しは役に立てたならいいが。

お互い他愛《たわい》もない話をしながら二時間ほど待機して――下層から調査隊が戻ってきた。

異常は見られないと判断され、全員揃って地上へと引き上げる事となった。ダンジョンを出た後は剣を返却し、そのままベイルにハンター協会へ連れていかれる。

戦闘報告と調査結果を報告したあとに、俺には報酬が与えられる事となったのだが……。

「さ、三十万ローズ!?」

「そうだよ。これが氾濫防止に対する報酬ね」

　ハンター協会のカウンター前にて、協会と騎士団共同で与えられる報酬額を書面で見せられたのだが、とんでもない額に思わず仰《の》け反《ぞ》ってしまった。

「で、ここに討伐したブルーエイプの素材やらが上乗せされるから……どうなる？」

　カウンターに肘を突いたベイルが女性職員に問うた。問われた女性は必死に『ケイサンキ』なる魔導具を叩きながら合計金額を計算し——

「全部で六十万ローズです」

「う、嘘だろ!?」

　ざっと換算すると、帝国騎士団に所属していた時の基本給約二ヵ月分だ。

　それをたった三時間程度で稼いでしまった。あり得ない……。とんでもない稼ぎだ。

「まぁ、今回は危険手当みたいな報酬も含まれるからね。魔物の素材報酬だけにしても、上位のハンターであれば毎回これくらいは稼ぐんじゃないかい？」

「そうですね。上位ハンターは三〜五人で活動していますが、大体はこれくらいですね」

　上位ハンター達は毎回三十万ローズ近く稼ぐのか。それでも彼らはパーティーを組んで活動しているので、きっとこの報酬を人数で分けるのだろう。

　ただ、今回は俺が丸々全額受け取れるという話だ。とんでもない。とんでもないぞ、ダンジョン。

「いや、ちょ……。いや、俺とベイルだけで倒したからっていいのか!?　他の人達に悪くないか!?」

「参加した全員に氾濫防止報酬は出るからね。命の危険も冒さず、タダで報酬が手に入って嬉しいんじゃないかな？　ほら」

ベイルが親指でハンター達を示し、そちらに顔を向けると同行していたハンター達からは「美味しい仕事、あざ〜す！」と感謝された。

「ね？　だから、受け取るといい。これで暮らしの目途が立ったね」

ニヤリと笑うベイルにどう返していいか分からない俺はただ、無言で苦笑いを返すのが精一杯だった。

「アッシュさん、ハンターになるんですか？　でしたら、絶対に第二ダンジョン都市で登録して下さいね!?　強い人は大歓迎ですから！」

職員の女性からもカウンター越しに前のめりになりながら熱望されてしまった。しかも、ベイルと揃って俺がハンターになる事を前提とした話を進めていく。

その後、ベイルと職員の女性に熱烈な歓迎を受けつつも、突発的に始まったダンジョンとハンターの同時体験会は終了となった。

俺は大金を持って協会を後にしたのだが……。

「今日中に銀行へ預けよう」

こんな大金を持ち歩くなんて心臓に悪すぎる。中央区にある王立銀行を目指しながらメインストリートを歩いていると、雑貨屋の入り口にあった絵ハガキが目に留まった。

絵ハガキを見て思い出したのは、帝国騎士団を辞める際に追いかけてきてくれた後輩の姿。

「どっちにしろ、ダンジョン都市から離れたくはないしな」

ここでの暮らしはたった二日間しか味わっていない。だが、もう既に帝国へ帰る気など完全に失せていた。

何だかんだ言いながらも、俺はもうハンターになってこの国に永住する気だ。

「ハガキ書くか」

俺は時計塔のある中央広場が描かれた絵ハガキを一枚手に取って、雑貨屋のカウンターで支払いを済ませた。

金を銀行に預けて宿に帰ったら、ダンジョンで体験した事をハガキに書いて送ってやろう。

「返事は来るかな？」

と、後輩の顔を思い浮かべながら小さく呟《つぶや》いた俺であった。

八・ 帝国騎士団第十三隊

「ウルーリカさん。ハガキが届いていていますよ」

「はい。ありがとうございます」

事務係の女性からハガキを受け取ったウルカは、絵ハガキの裏面にある絵を眺めたあとに表面を見た。

「あは♡」

差出人であるアッシュの名を見て、彼女は思わず破顔してしまう。

彼の手で書かれた近状報告を読んで――

「ローズベル王国の第二ダンジョン都市、ね」

ふふ、と笑いながら瞳に決意の炎を宿した。

すると、彼女の背後にあったドアが開く。

「おう、ウルカ。ご機嫌そうじゃん」

待機室のドアを開けて、姿を現したのは日焼けした肌と赤色のショートヘアが特徴的な女性であった。彼女は訓練を終えたばかりなのか、肩に掛けたタオルで顔の汗を拭きながらウルカに声を掛ける。

ウルカは、振り返りながら絵ハガキを背中側に隠した。

「ミレイさん。訓練はもう終わりですか？」

「ああ。アッシュがいなくなっちまってから張り合いがねえわ」

ミレイは大きくため息を零しながら、部屋の中にあったソファーへ荒々しく座り込む。足をテーブルの上に置いて、後輩であるウルカに水差しとコップを取るよう指示を出した。

ウルカは自分用の執務机の引き出しに絵ハガキを仕舞《しま》い込んで、ミレイのために水差しとコップを持っていく。

「あー、マジでつまんない」

不機嫌そうに言いながら、ミレイは持ってきてもらった水をガブガブと飲むと乱暴にコップをテーブルへ置いた。

その姿を見ていたウルカの表情が少しだけ鋭くなった。どうにもミレイが口にした「つまらない」の意味を警戒しているように見える。

ただ、すぐにウルカの顔が笑顔に変わった。笑顔の種類は悪だくみを考えているようなものであったが。

「先輩、ローズベル王国でハンターになったそうですよ」

「え？　何でお前が知っているんだ？」

ウルカがアッシュの行き先を告げると、ミレイは驚きながら問うた。

「家に手紙が届きました。なんでも、ローズベル王国の第一ダンジョン都市でハンター生活を始めたそうです」

魔物狩りをしながら、生活費を稼いで暮らしているらしいですよ、と彼女は言葉を続ける。

「へぇ～。ハンターか……。私達にはそっちの方が性に合ってるのかな」

第十三隊は魔物狩りの部隊と呼ばれている。

侮蔑の意味を込めて。

――数年前、帝国国内にある唯一のダンジョンから氾濫が起きた際、たまたま近くを巡回していた隊が第十三隊だった。

当時のメンバーはアッシュを隊長として、ウルカとミレイを含む十人の部隊。たった十人しかいない隊は、魔物の氾濫に気付いて現場に向かう事となった。

途中、別の隊とも合流したが……。五百を超える魔物に恐れをなした別隊は後方にある村を見捨てて一目散に退避した。

だが、アッシュ率いるたった十人の第十三隊は魔物の群れへと挑み、見事打ち倒してみせた。

しかし、戦闘後に生き残ったのはアッシュ、ウルカ、ミレイとウィルと呼ばれる男性の騎士だけ。他の六人は魔物に殺されてしまった。

氾濫を食い止め、村を救った彼らが帝都に戻ると――向けられたのは称賛ではなく侮蔑の声だった。

帝国貴族にも多少の道徳心を持つ者もいたのか、表立って侮辱する者はいなかった。それでも『魔物ごときの氾濫』『平民の村を救うなど』という声は裏で多く上がっていた。

そこからは、既に語ってある通りだ。隊長であったアッシュは渋々ながらに帝国から準貴族の位を与えられ、他の者達には一切の称賛も報酬もなし。殉職した仲間への追悼もなければ、感謝と労《ねぎら》いの言葉さえもらえなかった。

「アッシュは逆に良かったかもな」

当時を思い出したのか、ミレイは「チッ」と舌打ちをする。

そのタイミングで、ウルカが口を開いた。

「ああ、そうだ。私、騎士団辞めますね」

「は？」

突然の除隊宣言にミレイは驚きすぎてソファーから落ちそうになった。言った本人はニコニコと笑っているだけだったが。

「アッシュを追いかけんのか？」

「はい。先輩がいなければ、騎士団に残っていても意味ないので」

そう言ったウルカの表情は、まるで恋する乙女《おとめ》だ。

「ハンターってのは稼げるんかな？　魔物ぶっ殺して金稼げるなら今の騎士団よりは面白そうだよな」

「先輩の手紙を見る限りだと生活には困ってなさそうですけどね。まぁ、偏見を持つ人達にグチグチ言われながら仕事するよりは働きやすそうですけど」

「確かにそうだよな。第十三隊ってだけで揶揄《からか》われるし。アッシュが愛想尽かすのも分かるよ」

先述した通り、アッシュは馬鹿みたいな噂を流される以前からも特定の人物達からは同じ隊長格の者達より一段下に見られていた。他の仲間達も同じように揶揄われる事も多く、ミレイ達もストレスを感じていたのだろう。

「私も辞めてハンターになろうかな。また同じ隊として働けたら面白いだろうし。さっき、アッシュはローズベルのどこにいるって言ってたっけ？」

ミレイがお気楽そうに「また働けたら」と言ったタイミングで、ウルカの表情がぴくりと反応する。ただ、一瞬すぎてミレイは気付かなかったようだ。

「……第一ダンジョン都市ですよ」

ウルカはニコニコと笑う表情を崩さず、ごく自然に告げた。

「そっか。一緒に行くか？」

「いいえ。私は実家の件もあるので。別々に行きましょう」

ウルカは依然、ニコニコと笑っている。

「そうか。ウィルにも伝えておくか」

「私がどうかしましたか？」

ミレイがそう言ったタイミングで、最後のメンバーであるウィルが部屋の中へと入室してきた。

ウィルと呼ばれた男性騎士は、アッシュ以上にガタイが良い。筋肉質で肩幅が広いのだが顔は地味。彼からは温厚な雰囲気が漂っているが、一度戦いとなれば巨大なバトルアックスを振り回すのだから外見の雰囲気など当てにならない。

「アッシュがローズベルでハンター始めたんだと。お前も騎士団辞めて一緒にやるか？」

「ハンターですか」

ミレイに言われて、ウィルは「うーん」と手を組みながら悩む。その姿にミレイは首を傾げた。

「どうしたんだよ？」

「いえね。私も良いタイミングだったので、騎士団を辞めて実家に戻ろうかと思っていまして」

ミレイが「お前の実家ってなにやってたっけ？」と聞くとウィルは「商家です」と返した。

「実家は兄が継ぐはずだったんですが、最近になって兄が山賊被害に遭いまして。怪我《けが》を負った兄の代わりに、騎士である私へお鉢が回ってきたんですよ」

「まぁ、お前なら山賊に遭遇しようが全員ブッ殺せるもんな」

騎士である肩書と実力、彼の実家はそれを求めてきたようだ。

ミレイ達の話を聞いたウィルの表情は、入室してきた時よりも明るくなっていた。

「じゃあ、第十三隊は新参者を残して解散か」

「でしょうね。どうせ、彼らも第十三隊は不本意であったでしょうし。丁度良いんじゃないですか？」

新参者とは、アッシュがクビになって以降に配属された新米の隊長とその彼に付き添う金魚のフンだ。

どいつもこいつもロクなもんじゃない、とミレイを筆頭に三人は常々口にしていた。だからこそ、丁度良いタイミングなのかもしれない。

「んじゃ、そういう事で」

「はい」

「異議なしです」

こうして、アッシュと共に氾濫を食い止めた強者《つわもの》共は一斉に騎士団を辞めることになった。

九・　小金持ちアッシュ

どうも、俺です。アッシュです。

今、俺は運河沿いにあるオシャレなカフェの屋外席でモーニングセットを食べたあと、食後のコーヒーと上等なタバコを堪能しています。

昨日の夜なんてちょっと高めのレストランでステーキを食べて、ベイルが奢ってくれたものと同じウィスキーをカパカパ飲んだ。帝国にいた頃じゃ考えられないほどの贅沢三昧《ぜいたくざんまい》だ。

「金があるって素晴らしいな……」

帝国から持ってきた金と、昨日の騒ぎで得た報酬も合わせると毎日こんな暮らしを続けても三ヵ月は持つだろう。

心なしか世界が輝いて見える。自由で金もある生活ってのはこうも違うのか。

「お兄さん、新聞いりませんか」

俺が運河を眺めながら一服していると、新聞売りの子供に話し掛けられた。

「もらおうか」

「どうも！」

少々お高めの王国新聞を購入して読めるのも金に余裕があるからだ。帝国騎士時代はケチって休憩所に置かれた新聞を読んでいたっけ。

「王国の新聞にはダンジョンの様子まで書かれるのか」

帝国の新聞と共通しているのは、国の経済状況や政治に関する記事、外国の動向を説明する記事だ。そこに色々な地域で起きた事件や出来事の記事が掲載されていて、ここまではあまり向こうと変わらない。

その共通事項に加えて、王国新聞には王国内三ヵ所にあるダンジョン都市の様子やダンジョン経済に関する記事が、他とは独立した特集記事として掲載されていた。

『東の第一ダンジョン都市で新種の魔物が発見された⁉　騎士団とハンターが調査を開始！』

『北の第三ダンジョン都市で試験されていた新栽培法が有効と判断される！　今年の冬は野菜の値段が下がるかも⁉』

といった、各ダンジョン都市の様子を伝えてくれる。他にも各都市の協会からのハンター勧誘広告が載っていたり。

「昨日の件、もう記事になっているのか」

一番、目を惹《ひ》かれたのは、やはり第二ダンジョン都市の記事だろう。

『西にある第二ダンジョン都市にて氾濫の兆候が⁉　しかし、騎士団とハンター達の奮闘で鎮圧された模様！』

みたいな記事が掲載されていた。あと、ベイルの声明みたいな一言が添えられている。

「後ろの方は求人情報……。恋人募集まであるのか」

この辺りも帝国新聞とは違う部分だ。帝国の新聞は格式高くて貴族の読み物という感じだったが、こちらの新聞は随分と親しみやすい作りになっているんだなと思う。

一ヵ月で起きた出来事を纏めて掲載しているのは同じだが、地域特有の出来事はすぐに記事にして掲載されるところも帝国とは違う。まぁ、帝国で新聞を読む平民なんて数えるくらいしかいなかったしな。


「そろそろ行くか」

俺は王国新聞を折って小脇に挟みながら席を立つと、そのまま南区に向かって歩き出す。

今日はさっそく、ハンターライセンスの取得をしようという魂胆だ。

昨日の報酬もあって第二ダンジョン都市で暮らしていける目途も立ったし、あとはハンターになって生計を立てればいい。

……立てられると思うのだが。大丈夫だよな？　ライセンスを取得したら何度か、ダンジョンに潜って試してみないとな。

一ヵ月生活するのに必要になるであろう金額を頭の中で試算しながら協会のスイングドアを押すと――

「おうおうおう！」

「おめえ、ハンター希望者か!?」

「え？」

ずいっと現れたのは厳《いか》つい顔をした男二人組。タンクトップの上に革の胸当てを付けて、筋肉モリモリな両腕を組んだ状態で登場だ。

俺の顔を睨みつけるように見る男達だったが、その表情はすぐに笑顔へ変わった。

「なんだ、アッシュさんか」

この二人は俺の名を知っているらしい。他にも奥から「例の人か」などと声が聞こえてきた。どうやら昨日の件で顔が知れ渡ったようだ。

二人に「悪いね」と謝られながら中へ通される俺だったが、一体何の事なのか皆目見当がつかない。それが二人にも伝わったのか、どうしてこのような事をしているのか説明してくれた。

「実は若いヤツらが夢見てハンターになる事が多くてな」

「そういうヤツらは身の丈に合わない狩場に挑んですぐ死んじまう。そうならないよう、ここで篩《ふるい》に掛けているのさ」

厳つい顔をした二人組に対してビビるようでは魔物を相手にするハンターなどやっていけない。無駄な死者を出さないためにも協会から頼まれてやっているらしい。

……帝国の騎士団にもそういった新人が毎年多かったっけ。

「アッシュさんもダンジョンでヤバそうなヤツがいたら助けてやってくれよ」

「もちろんさ」

俺は二人と握手を交わしたあと、職員のいるカウンターへ向かっていった。

「アッシュさん！　ようやく来てくれましたね！」

そう興奮気味に対応してくれたのは、昨日話していた女性職員だ。

栗色《くりいろ》のショートヘアに銀のイヤリングを着けて、美人系よりも可愛《かわい》い系といった顔立ち。キチッとした協会の制服がよく似合っている。

「ようやくって、昨日の今日じゃないか」

「昨日のうちにライセンス取得してほしかったって話ですよ！」

目をキラキラさせる彼女は、俺にどんな期待をしているのだろうか。

「今日はちゃんとライセンス取得するよ」

「はい！　では、こちらを記入して下さいね！」

差し出されたのは個人情報を記入する用紙だった。

名前と年齢、性別に住所など。あとは配偶者の有無や緊急時の連絡先だ。

「宿暮らしなんだが、住所はどうすればいい？」

「契約している宿名を書いて下さい。もし今後、宿の変更や家を持ったら変更届を出して下さいね」

「緊急時の連絡先ってのは……？　俺、独り身で両親もいないんだが」

「わぁ！　私も独身ですよ！　お揃いですね☆　あ、特になければ空欄で構いませんよ」

途中の独身アピールは何なんだ……？

「メイちゃーん、俺が相手になるって言ってんじゃゃーん」

すると、少し離れた場所に座る男性ハンターの声が聞こえてきた。

「うるせえ！　失せろ！　さっさとダンジョン行って魔物ぶっ殺してこい！」

そうか、この女性職員はメイというのか。にしても、態度がヤバイ。剣を持った厳つい男に中指立てる女性なんて初めて見たぜ……。

「書けたよ」

「はーい☆」

きゃるるん、と可愛らしい声を返され用紙を回収された。その後、記入した用紙を基に何かを操作して、差し出されたのは名前が彫られた銀のカードだった。

「これがハンターライセンスです。ダンジョンに入る際は、ダンジョン前にいる協会職員にこのカードを提示して下さいね」

加えて、ハンター活動をする際の注意点を教えてくれる。

まず、ダンジョンに入る際はカードを忘れないこと。なければダンジョンには入れない。地上に戻ってきた時も職員に戻った旨を必ず伝えること。

これは、内部に誰がいるか把握するためらしい。一週間など、あまりにも長い期間戻らないと遭難、もしくは何かあったか調べるために調査隊が送られる。その際に掛かった費用は全額こちらが負担する事になってしまう。

次に魔物を討伐した際に得た素材は全て協会に提出すること。これは協会経由で全ての素材を王都にある研究所に提出しているからだ。

どんな素材であっても必ず協会に提出せねばならず、冬物のコートを自前で作りたいからと自分で毛皮を狩りに行く……などはご法度だ。同様に持ち出しが発覚すると処罰（罰金）される。

ハンターは市街地での武器携帯を認められているが、住民に対して武器を振るうと問答無用で逮捕。また、暴力沙汰も罰金となる。酷ければ牢屋《ろうや》行きもあり得るとか。

「次にハンターになった方は王国からの国籍離脱は認められていませんので、アッシュさんは外国へ移住できません」

「旅行もダメなのかい？」

「……できれば控えてほしいですね。正直、グレーゾーンです。そういった理由で国外に出て、戻ってこない人もいますので」

ダンジョン内部の情報などを他国に漏らさないための措置であるが、女性職員――メイさんの言ったような事態が起きるらしい。

そこまで言ったあと、彼女は俺に顔を寄せて小声で話し出した。

「国外に出た人は王国の秘密部隊に捕まっちゃうって話です。噂ですけど」

「……なるほど」

随分とおっかない噂だ。そうならないよう注意しよう。捕まって牢屋暮らしは御免だしな。

「次に税金のお話です。ハンターという職業は非常に不安定なのと……。その、いつ命を落とすか分かりませんから」

少し言い難《にく》そうに言う彼女だが、言わんとしている事はよく分かる。

「そこで、一年分の税金を一括回収しています。お金がない場合は協会が立て替えて、素材提出時の報酬から差し引く制度があります」

「一年分の税金はいくらなんだい？」

「ハンターは諸々《もろもろ》総額で十五万ローズです」

帝国の騎士が払う年間税金より安い。これが潤っている国の強みか。立て替え制度もまだ稼ぎがない新人には嬉しいだろうな。

それにしても、一つに纏めて協会が徴税してくれるのは有難いな。帝国のように色々と出向いた先で難しい計算しなくて済む。

「じゃあ、一括で払うよ。あとで銀行から引き出してくる」

「はい。分かりました。……これで完了ですね。ようこそ、ハンター協会へ！　我々は貴方を滅茶《めちゃ》苦茶《くちゃ》歓迎しますよ！」

魔物をばっさばっさと倒して倒して倒しまくって下さい！　と熱のこもった歓迎をされてしまった。

「はは、ありがとう。ところで、武器や道具などの必要な物を揃えたいんだが、オススメの店はあるかい？」

「装備品を扱う鍛冶屋や道具店は南区にもありますが協会でも買えますよ。あちらにある売店で売ってます」

カウンターから身を乗り出したメイさんは、協会奥を手で示した。示された先には小さな売店らしき場所があって、そこで最低限の物は揃えられるらしい。

「そっか。ありがとう。寄ってみるよ」

「はい。あ、オススメは収納袋と魔物除《よ》けの煙玉です。買っておいた方が便利ですよ！」

オススメを教えてもらって、俺はメイさんに礼を言いながらカウンターを後にした。

売店に足を向けかけるが……。

「おっと、先に銀行へ行くか」

税金分と剣や道具を買うお金を下ろしに行かなくちゃな。

十・　頼もしい友人

「やぁ、アッシュ」

第二ダンジョン都市の中央区にある王立銀行を出ると、入り口前にいたのはベイルだった。

「え？　ベイル？」

ニコリと笑ったベイルの服装は完全に私服だ。

白いシャツの袖を捲《まく》って、下は黒のズボン。そして、相変わらずの王子様スマイルである。

「どうしたんだ？　というか、どうしてここに？」

彼も銀行に用があるのだろうか？　それとも誰かと待ち合わせか？　私服だし、女性とデートなのだろうか？

「いや、昨日は大変だったろう？　代わりに今日は休日でね」

昨日は氾濫の鎮圧に加え、その後の調査などもあって騎士団はすごく忙しかっただろう。

現場の指揮や王都へ送る報告書の作成などが終わったのは朝方だったらしく、働き詰めだったために今日は丸々休みらしい。

「さっそくライセンスを取得したんだろう？　協会で聞いたよ」

「ああ。ほら」

俺は取得したばかりのカードを見せる。すると、ベイルは「これで正真正銘、ローズベル王国民だね」と笑った。

「きっかけはどうあれ、僕が誘ったのは事実だからさ。今日は友人の手助けをしようと思って。ついでに食事でもどうだい？」

「え？　いいのか？」

休みの日にもかかわらず、俺がソロデビューするまでの準備を手伝ってくれるようだ。

気を使わせてしまったかな。

「構わないよ。武器や防具を揃えるにしても帝国とは勝手が違うからね。詳しい者が傍にいた方がいいだろう」

ハンターとして必要となる道具や武具、業界では必須とされる物なども しっかり揃えた方がいい。何故ならダンジョンは「死と隣り合わせ」だから、と。

自由気ままな生活を望んでいても、気を抜けば簡単に死んでしまう。それが人間の脆《もろ》さであり、ダンジョンの怖さだ。

「すまない。頼もうかな」

気を使わせて悪いとは思うが、非常に有難い申し出だ。ここは彼に甘えるとしよう。

「うん。じゃあ、行こうか」

俺とベイルは中央区にある橋へ向かって歩き出す。彼が言うには、ダンジョンハンターが必要とする物は全て南区に揃っているそうだ。

「まぁ、協会が南区にあるからね。武具工房も南区に集中していて、区画内で準備が済むようになっているんだ」

単に利便性を考えてのことでもあるが、もう一つはハンター達が常に武器を携帯している事も絡んでいる。

南区以外ではハンター業に従事しない「普通の人」が多い。仮に揉《も》め事《ごと》が発生し、ハンターが武器を抜けば……結果は明白だろう。武器で相手を怪我をさせてしまえば状況はかなり悪くなる。

「これはハンターに限らず騎士もだけど、ダンジョンに潜る人の寿命は短いよ。悲しいことだけどね。だからこそ、無駄な争いで数を減らしたくないってことさ」

ダンジョンってやつは危険だ。一攫千金の夢が詰まった場所でもあるが、少しでも油断すると簡単に死ぬ場所である。

ハンターになりたいと夢見る者、実際にハンターになった者も多いが、それ以上にダンジョンで死亡する者が多い。常に人手不足な現状を更に悪化させないよう、つまらない理由でハンターの数を減らしたくないと第二ダンジョン都市は考えた。

その結果、武器を所持したハンター達がなるべく他の区画へ出向かなくてもいいように必要となる店を南区に集めた。

ダンジョンで使う道具や武具だけじゃなく、酒場や宿、娼館も南側に用意されているのだ。

「これは別に差別しているわけじゃなく、逆にハンター達を守りたいからなんだ」

夢を追ってハンターになったのに、平民とのいざこざでライセンスを取り上げられる、最悪は投獄なんてつまらない。

そう言ったベイルに俺は「確かに」と同意した。

「ただね。逆に言えばハンター達がダンジョンで死なないよう国が手厚く支援しているという話でもある」

ローズベル王国はダンジョンで得た素材を研究してダンジョン攻略と制圧に活《い》かしている。その結果の一つが魔導具であるが、他にもハンターをサポートするための道具は多数用意されているそうだ。

「そういえば、いくつか必需品としてオススメされたね」

確か「収納袋」と「魔物除け」だったたか。

「うん。ハンター達から人気の店を紹介しようじゃないか」

ついでに、南区に向かいながら他の店も紹介してもらう。

先日教わった酒屋とタバコ屋もだが、今日は他にも美味しいと評判のパン屋や食堂も教わった。

貴族であるベイルが紹介するのだからどれも間違いないだろう。

しかし、紹介してくれた店が初日に出会った老紳士に紹介された店と少し被る。デザートを扱う店が多いのも同様に。

被るってことは、本当に美味しい店ってことかな？　実際に住んでいる人物二人から同じ店を教わるってことは、そういうことなんだろうな。

「さて、まずは道具屋に行こうか」

「ああ」


南区に入ると、最初に向かったのは道具屋だった。

ここでも単に「道具を扱っている店」というだけではなく、紹介に至るちゃんとした理由があるようだ。

「ダンジョン用の道具を買うならこの文字に注目するべきだ」

店に入る前、ベイルが指し示したのは看板の下にある文字だった。

「んん？　王都研究所公認店？」

「そう。ダンジョン用の道具は王都にある王都研究所が開発しているんだ。国から認められた学者達が魔物や素材を研究し、研究成果を基に商品化している。もちろん、販売される商品は発売前に実地テストをしているよ」

　要は信頼性の問題であるが、その信頼性が段違い。

　何故なら国の研究所が開発・製造した物を卸して販売しているから。そして、看板にある「公認店」の文字は研究所の卸先として認められてますってことだ。

「……もしかして、モグリや模造品を売る店もあるのかい？」

「ない、とは言い切れないね。効能が似ていると称して安価で販売する店もある。そういった店は店舗を構えるより露店に多いんだけどね」

　帝国で長く暮らしていた俺からすると、ローズベル王国は良い国だと思う。豊かで制度が整っていて、平民に対しても様々な支援がある国だ。

　しかし、そんな国でも悪人は存在する。

　ダンジョンハンターをターゲットにして、食いものにしようとする輩《やから》は存在するのだ。

「まぁ、どのダンジョン都市も騎士団が積極的に摘発しているけどね。第二ダンジョン都市内には今のところ存在しないけど、いつどこで騙《だま》されるかは分からない。公認店の存在は知識として持っておいて」

「なるほど。自衛のためってことだな」

　騙されないためにも、こういった細かい知識を覚えておいて損はない。

　俺はベイルに続いて入店して、棚に置かれていた道具を眺めていく。

　最初に彼が手に取ったのは、メイさんも必需品と言っていた「収納袋」だ。見た目は完全に濃い茶色の麻袋である。

「これは収納袋といって、中に何でも入る不思議な袋だ」

「何でも？　不思議な？」

言っている意味がよく分からなかった。

ただ、収納袋に関しては初見の誰もが俺と同じ反応を見せるらしい。

笑みを浮かべたベイルが店主に「実演していいかい？」と許可をもらってから近くにあった釣《つ》り竿《ざお》を手に取る。

「見て。こうして袋と釣り竿を重ねてみると……。釣り竿の方が袋よりも長いよね？」

「ああ」

大きさとしては釣り竿の方が二倍くらい長い。袋に収納するとどう考えても袋から釣り竿が露出してしまうだろう。

「これを中に入れると……」

「ええ!?」

麻袋の口を広げたベイルが釣り竿を突っ込んでいく。すると、収納袋より長かった釣り竿は完全に袋の中へと入ってしまった。

「ちなみに剣だろうが槍だろうが同じようにすっぽり入るよ。剣先が収納袋を突き破るなんて事も起きない」

「は、はぁ!?　ど、どうして!?」

い、意味が分からん！　どういう事だ!?

「意味が分からないって思うでしょう？　僕も分からない。でも、そういうものなんだ」

曰く、物流業界に革命を起こした魔導具なんだそう。同時に王都研究所が開発した「意味不明だけど便利なものナンバーワン」だそうで。

「ただ、注意すべきは収納限界だ。何でもかんでも入れられるってわけじゃないんだよ」

間口を通るものなら食べ物だろうが剣だろうが何でも入る。はみ出すこともない。

しかし、収納袋には「収納限界」とされる制約があるようだ。

「この大きなリュック一つ分くらいなら入るかな」

ベイルが指し示したのは隣にあった大きめのリュック。水と食料、医療品の類を入れてもまだ余裕はありそうな大きさだ。

実際にどれくらい入るかは自身で確かめてみて、と言われて俺も店主に断ってから試すことにした。

「う、うわあ」

収納袋に剣を入れてみたが、独特の挿入感がある。なんだろう「ズブブ……」みたいな。泥沼に沈めていくような感覚だ。

続けて剣をもう二本。水を入れるための水筒を二つ。食料代わりに小さなボールを十個。医療用の消毒液や包帯が詰まった医療セットも詰め込む。

「ま、まだ入る？」

「うん。感覚的にはあと少しは入りそうだね」

お、恐ろしい！　これがあれば随分と荷物を圧縮できるじゃないか！

「もう一つの問題点は中に物を詰めると折り畳めないことかな。あと、食料を入れることも可能だけど腐るには腐るね」

物を詰めた収納袋はピンと伸びている。折り曲げようにも謎の力が働いて折り曲げられない。畳めないのでこの状態のままリュックに詰めるらしい。

加えて、食料を詰めても味の変化や質に変化はないが、時間経過で傷んだり腐ったりする。これは普通のリュックに詰めて持ち歩くのと変わらない。

何よりこれだけ詰めても重さに変化がない。どういう理屈なんだ……。

「と、とんでもないな……。これが魔導具なのか」

「魔導具の中でも異質だろうけどね。これが販売された時はすごかったよ」

貴族の間でも画期的だとされ、初期販売時は取り合いになったそうだ。

そりゃそうだと言いたい。これは絶対に買おう。

「次に魔物除けだね」

収納袋の中身を棚に戻し、カラになった収納袋を確保して次の棚へ。

ベイルが棚から取ったのはピンク色の玉だ。

「これは地面に叩きつけるとピンク色の煙幕が発生するよ。ダンジョンの下層に生息する魔物の体液や骨の粉末を混ぜて作ったもので、上層階に住む魔物なら匂いを嫌って逃げていくんだ」

ただ、魔物除けに関しては効く魔物と効かない魔物が存在する。

これは現在も調査中だが、第二ダンジョンに限っては十三階層くらいまでの魔物になら効果があるようだ。

「魔物が興奮していると効きづらいイメージがあるね。昨日のブルーエイプも魔物除けによる分散を狙ったんだけど、効果がなかったから」

しかし、普段のブルーエイプは煙を見て逃げていってしまうらしい。魔物の状態によっては効果がないので万能とは言い難い。

でも、一つ二つ持っていても損はないだろう。

これも買いだな。

「あとは初心者ハンター向けのハンドブックかな？　ダンジョンの概要や基本情報に加えて、上層部分の地図が付録としてついてくるよ」

これは初心者ハンターが無茶《むちゃ》して死なないよう『ダンジョンハンターのイロハ』という基礎知識が詳しく載っている。加えて、現段階で判明している『ダンジョンとは？』という疑問に対する考察なども。

ただ、ハンドブックを買う最大の利点は十階層までの地図が付録としてついてくること。

基本的にダンジョン内の構造はハンター達がマッピングする。

地図は作った者の財産となり、協会に売ることで「地図販売権利」が本人に付与されるのだ。

ただし、早い者勝ち。

未だ人間が足を踏み入れていない階層をいち早くマッピングした者はそれだけで莫大《ばくだい》な金が入る。それこそ貴族が暮らすような屋敷がポンと買えるくらいの財産が手に入る。

まぁ、これは当然だろう。

未知なる場所にいち早く足を踏み入れ、誰よりも早く構造を解明したのだから。簡単な全体像だけだったとしても、地形情報があるのとないのでは大違いである。

「つまり、マッピングを専門とするハンターもいるのか」

「そうそう。最近は新階層の攻略が進んでいないから活発化していないけど、ダンジョン内で隠しルートが見つかったり、新しいダンジョンが発見されたら盛んになるよ」

現在、第二ダンジョンでは階層攻略が足踏み状態だ。マッピング専門としてダンジョンに潜るハンターは少ないが、ベイルの言った新階層などが発見されると激増するらしい。

「なるほど。本当に色々とやる事があるんだな」

「うん。最近ではより細分化しつつあるね」

ただ、こうしてハンター達と騎士団が協力することで国がどんどん豊かになっていくというのは面白い。

そして、皆の貢献度が新しい魔導具やダンジョン用の道具によって具現化されていくってのもポイントだろう。

「他にも水筒や衣料品だね。替えの洋服も持っていった方がいいよ。何が起きるか分からないからね」

収納袋と魔物除けといった必需品に加え、ハンドブックや大きめの水筒、そして医療品なども棚から取っていく。

こうして、道具屋で揃えるべきものは全て揃えた。会計を済ませたあと、店主と一緒になって早速購入した収納袋に詰めていく。

購入品がすっぽり収まった収納袋はダンジョン用にと購入したリュックに入れる。これで完璧だ。


「よし、次は武器と防具だね」

次は同じく南区にある武具工房へ。

南区の中心、ハンター協会からそう離れていない場所にある武具工房『カルメロ武具工房』がベイルのオススメらしい。

「ここの店主は腕が良いよ。騎士団にも武器を卸してもらっているんだ」

「へぇ」

この工房も「王都研究所公認」の文字があった。

木製のドアを押して店内に入ると、ドアベルがチリンチリンと鳴った。

店内の壁沿い右手側にはズラッと武器棚が並んでいる。剣や槍、大槌《おおつち》からツルハシのような武器、弓と矢まで様々な種類の武器が。

左手側は全身鎧から胸当てまで。他にも個別にガントレットやグリーブなども販売しているようだ。

「いらっしゃ――ベイル様？」

奥から登場したのはスキンヘッドで白髭《しらひげ》を蓄えた人物。背が高く、腕は丸太のように太い。首からは耐熱用のエプロンを下げていた。

一見、ハンターだと言われても違和感のない見た目だが、この人が店主の「カルメロ」なのだろうか？

「やぁ、常連客になりそうな人物を連れてきたよ」

「そりゃ有難い」

ニカッと笑った店主は俺に顔を向ける。つま先から頭の先っぽまで見た店主は「ほう」と声を漏らした。

「店に来たってことは、ハンターですかい？」

「ああ。とびきりの新人だ。実力は僕と同等かそれ以上」

「おいおい、ベイル様とタメ張れんのかよ？　本当に騎士じゃなくハンターに？」

騎士の方が生活が安定するぜ？　と言う店主。

「ちょっと事情があってね。彼は帝国から来たんだ」

俺が苦笑いしていると、ベイルが俺の事情を上手《うま》く濁してくれた。

「なるほど。だから新人か。俺は店主のカルメロだ。よろしくな！　あんたは？」

「アッシュだ。よろしく」

俺はカルメロ氏と握手を交わす。がっちりとした分厚い手だ。

「剣と胸当てを探しているんだが」

「おう。まずは剣からいこうか」

まずは長さを教えてくれ、と言ったカルメロ氏は奥から数本の剣を持ってくる。

カウンターに並べられた剣を分類するならショートソードとロングソードだろう。

ただ、どれも微妙に長さが違う。左端が一番短いショートソード。右端が一番長いロングソードと長さ順に並べてくれた。

「これかな？」

並べられた中から選んだのは右から三番目。ロングソードとしては標準的な長さに思える。というか、帝国騎士団時代に使っていた剣と同じ長さだろう。

「なるほど。じゃあ、次は材質を選ぼうか」

次は俺が選んだロングソードと同じ長さの剣が三種類並ぶ。

「うちで作ってんのはこの三種類だ。どれも材質が違う。こっちは鋼、こっちは第一から採取された金属素材の合金。最後は最近開発された最新式の合金」

三種類見せられ、どれが良いかと問われる。

帝国で使っていた剣は鋼だったから一本目の剣は理解できる。ただ、合金は初めてだ。

「合金って？　鋼よりも良いのか？」

「騎士団で使っている剣は真ん中の剣だね。とにかく頑丈な合金だ。折れ難いし欠け難い」

ベイルが指差した真ん中の剣は「鋼よりも硬いがやや重い」らしい。

「最新式の合金は軽いんだ。切れ味も十分あるが、硬い魔物に対しては耐久面で見劣りするかもな」

一方、最後の合金は軽さを重視して作られているようだ。確かに持ち上げてみると従来の剣より随分と軽い。叩き斬るよりも正真正銘「斬る」に特化しているように思えた。

どれも戦闘スタイルによって評価が変わるだろう。ただ、幅広い戦闘スタイルに対応できるラインナップとも言える。

「うーん……」

俺は三本とも振りながら試す。縦、横、突きといった基本的な動作を試しながら微妙な重さを感じ取っていく。

一番しっくりくるのは真ん中の剣だろうか。ベイルが騎士団でも使っている、と言っていたやつだ。

「裏で試し斬りもできるぜ？」

どうやら裏庭に案山子《かかし》があるようだ。

「試してもいいかな？」

「おう」

用意された三本の剣を持って裏庭へ。

三体あった案山子の一体に向けてそれぞれ剣を振るっていく。

そうする事で気付いたのは合金製の切れ味だ。どちらの合金も鋼より切れ味が良い。

重さのある剣でも「叩き斬る」という感覚が少ないと言えば伝わるだろうか？　確かに感触的には「斬ってるな」と思える手応えだ。

ただ、三本目の軽さを重視した剣は大きな違和感を覚えてしまう。これはしっかりと構えて剣を振るスタイルよりも、足を使ったヒットアンドアウェイ型の人間が使うべき剣だろう。

「やっぱりこれかな」

最終的に選んだのは真ん中の剣、騎士団にも卸しているという『王国ではスタンダード』となっている合金剣だ。

しっかり構えて振るうもよし。頑丈なので剣の腹で防御するもよし。重さとしては鋼よりも重量があるそうだが、俺の感覚ではそう変わらないような？

「うーん。単純に斬れ味の増した鋼剣のような……」

俺は再び構えて案山子を斬る。斜めに剣を振ると木製の案山子がスパッと斬れた。

反復横跳びする要領でステップするも、重くてキツイという感想は抱かない。斬っては鞘に納めを繰り返しても違和感はない。

「一回打ち合ってみようか？」

「いいのか？」

カルメロ氏が「構わない」と言ってくれたので、中庭のど真ん中でベイルと軽く打ち合うことに。

同じ材質の剣を握り合い、上段、中段、下段と訓練のように打ち合わせた。

「もう一度、上段。ある程度本気でいくよ」

「ああ」

最後に上段。

ベイルの目がスッと細くなって、俺の背がゾクリと震える。

ああ、懐かしい。二年に一度、この感覚を味わっていた。

一瞬たりとも判断を間違えればやられる。一度でも瞬《まばた》きをすればやられる。

ほんの一瞬が命取り。そう思わせる、ベイルの剣。

「ハッ――」

高速の踏み込み。ベイルの利き足が前に出た瞬間、同時に腕も高速で振り下ろされる。

「フッ――」

タイミングを合わせてこちらも踏み込む。ベイル相手に一歩でも退けば負ける。高速で振られた剣を受け止めないと、次の一手でやられてしまう。

お互いに分かっているんだ。どうすれば勝てるのか。どうすれば負けるのか。

だからこそ、俺達は互角だった。いつも勝負がつかない。勝ち負けに至る道筋が分かっていて、それを覆そうとするがお互いにそうはさせない。

「ぐっ！」

「チッ！」

互いに振り下ろした剣を受け止め、いつものように鍔《つば》迫《ぜ》り合いへと発展する。

押し合いが続くが、こちらも互角。なんとか有利な立ち位置へと移動しようとするが、互いにそれを阻止し合う。

昔、帝国騎士団の同僚からは「見ている方は退屈だ」と言われた。

だがな、俺は無茶苦茶《むちゃくちゃ》楽しいよ。

こうして鍔迫り合いをしている間もベイルの裏をかこうと考えを巡らせる。

向こうも同じだ。きっとベイルも俺の裏をかこうと必死に考えているだろう。

「――――ッ！」

俺はベイルを思いっきり押し返す。押し返し、僅かに開いたスペースを埋めようと詰め寄る。

だが、向こうも俺の考えを読んでいた。くるんと身を翻し、横からの一撃を繰り出す。

咄嗟に剣の向きを変え、俺は横からの一撃を剣の腹で受け止めた。受け止めたあと、剣の腹をスライドさせながら脱出。

体勢を整え、再び上段からの一撃を――

「待て待て待て!!　やめやめ!!」

振るおうとしたところで、ガンガンガンと金属を叩く音が鳴り響く。

気付けばカルメロ氏がボコボコになった鍋をトンカチで叩いているではないか。

「本気でやるのは騎士団の訓練場でやってくれよ!?」

カルメロ氏は続けて「うちは工房だぞ!?」と吼《ほ》える。

「あ、あはは……。つい……」

「す、すまなかったね」

二人して力が入ってしまったか。

俺とベイルは揃ってカルメロ氏に謝罪した。

「いや、なんつぅか……。二人が互角だってのは十分理解できたぜ」

最初は「見惚《みと》れてしまった」と言うが、徐々に「怖くなってきた」とカルメロ氏は感想を零した。

「と、とにかく、この剣を買うよ」

使い心地は十分に分かった。同時にカルメロ氏の打つ剣が優秀であることも。

さすがは騎士団に武器を卸す鍛冶屋といったところか。剣のメンテナンスも全てここに依頼することにしよう。

「おう。新しいの用意してやるから待ってな」

剣を選び終え、最後に胸当てもアドバイスをもらいながら購入。

これで全て準備は整ったな。

「よし、じゃあ景気付けに一杯行こうか」

「いいねぇ！」

俺達は肩を並べながら道を行く。

目指すはベイルがオススメする美味い飯屋だ。

「ベイル、今日は色々とありがとうな」

「はは。僕と君の仲じゃないか。気にしないでくれよ」

その後、俺達は飯屋で昔話に花を咲かせながらしこたま酒を飲みまくった。

十一・ダンジョンへ ― 釣り少年

「さて、行くか」

ベイルと共に装備を整えた翌日、遂に俺は真の意味でダンジョンデビューを果たすこととなる。

ダンジョン用にと購入したシャツとズボン。カルメロ武具工房で買った剣と胸当ても装着済み。

収納袋を入れたリュックを背負って準備万端。

「遂に俺もハンターか……。ちょっと緊張するな」

緊張を紛らわすためにも、俺は昨日購入したハンドブックを開く。

最初のページにあった「ハンターとしての心得」を目で追いつつ、次のページを捲《めく》る。

次のページには「ダンジョンとは何か」を語る文が記載されていて、昨晩から特に気になっていたページだ。

「ダンジョンとは人類誕生以前から存在している可能性がある、ね」

これは王都研究所が発表した、ダンジョンに対する研究の考察からの一文だ。

なんでもダンジョンの謎と魔法の謎を解き明かす事は人類誕生の歴史を紐解《ひもと》く鍵にもなっているらしい。

学者のように知的な意見は語れないが、本当に興味深くてワクワクする話だと思う。

だって、俺がダンジョンで活動していたら歴史的な発見や学者達の手助けになるかもしれない。

その上、国が報酬までくれるんだからな。

なんともロマン溢れる話じゃないか。

「さて、入場申請を行う場所はどこだ？」

南区から続く道を歩いていき、鉄門を越えて『ダンジョン区画』に進入。

すると、先の氾濫事件では見られなかった光景が目に映る。

ダンジョン入り口まで並ぶ石柱前には街から出張してきたであろう屋台や簡易的な飯屋がズラリと並んでいた。

「ダンジョンに入る者と帰還者をターゲットとした食事処か。何とも目の付け所がいい」

既に何人かが席に座りながら肉串やらスープやらを楽しんでいる姿があった。彼らは朝になってダンジョンから戻ってきた人達なのかもしれない。

他にも道具屋や携帯食料販売所、刃物類の研ぎを行う武器屋の出張所まで並んでいた。

「匂いが殺人的にヤバイな」

屋台や飯屋の前を通り過ぎる度に、美味そうな匂いがぷんぷんしている。

特に肉系の店だ。これはマズイ。絶対に帰り道で買ってしまう。

朝食を済ませたばかりだが、誘惑に負けないようダンジョンの入り口前まで向かった。

先日設置されていたテントの前には椅子に座る数人の騎士が。きっと警備の任務に就いているのだろう。

その隣にある巨大タープの下には協会職員らしき男性が立っていた。彼に近づいていくと「ダンジョンに入場希望ですか？」と問われた。

「はい。お願いします」

「ライセンスを確認しますね。……はい、完了です。どうぞ」

男性職員は名簿に俺の名前と入場時間を記入していた。それが終わるとライセンスを返却されて、中へどうぞと手で示される。

開けっ放しになったダンジョン入り口の扉を潜《くぐ》り、ランタンの光で照らされた石の道を進む。

先日も見た『左に進むと二階層へ続く階段アリ』と書かれた分かれ道まで到達すると、俺は左には進まず右へ向かう。

今日は初日だし、各階層の見学と適切な狩場の選定程度で済まそうと思ったからだ。

先日は一階層の狩場とやらを見られなかったし、ついでに見ておこうという魂胆である。

そのまま進んで行くと、少し広い場所に出た。中央には大きな池があって、その周囲には十三～四歳くらいであろう少年と少女が木の枝を持って立っていた。その隣には剣を片手に持った背の高い少年が控えている。

近づいていくと、俺の気配に気付いた少年が後ろを振り返った。

「やぁ、何をしているんだい？」

「スライム釣りだよ。兄さん、新人？」

俺が少年に問いかけると、彼は木の枝から垂れる糸と野菜クズを指差してそう言った。

「新人なんだ。スライム釣りを見学してもいいかい？」

「ああ、いいよ」

少年は野菜クズを取り付けた糸を池の手前に投げた。どうやら池の中には垂らさないらしい。しばらく待っていると、池の中からズルズルと薄い青色をしたゼリー状の物体が現れる。ゼリーの中には赤い球体が浮かんでいて、ぐるんぐるんと球体を動かしながら糸と繋がった野菜クズに近づいてきた。

現れたスライムは野菜クズを捕食しようとしているのだろう。だが、少年は後ろに下がって、野菜クズをスライムから遠ざける。すると、今度はスライムが野菜クズを追って地面を這い始めた。

そう誘導しながら十分に池から距離を離すと、剣を持った少年がスライムの中にある赤い球体に剣を刺す。スライムがウゾウゾと暴れると、ゼリー状の体がドロリと溶けて光る小石だけがその場に残った。

「こうやってスライムを池から釣るんだ。剣で核を刺せば小さな魔石が手に入るってわけ」

少年が見せてくれたのは、小指の先サイズの小さな魔石だ。透明な小石の中心には極小の赤い点が見える。

「へえ」

少年曰く、スライムは比較的大人しい魔物なので、少年達のようなまだ若いハンター専用の獲物らしい。少年達にとっては、ちょっとした小遣い稼ぎになるのだろう。

しかし、よく考えられているものだ。確かにこれはスライム釣りだと感心してしまう。

「実力があるなら十階層に行きなよ。そこそこなら八階層がオススメって言われているよ」

「そうか。ありがとう」

「ん」

「ん？」

立ち去ろうとしたら、少年は俺に向かって手を差し出した。掌《てのひら》を上にして何かをよこせ、と言わんばかりの態度だ。

「情報料だよ」

「ああ」

子供であってもハンターだな。とても強かで抜け目ない。

「これで十分か？」

俺はサイフから千ローズ札を取り出して少年の手に載せた。

「まいど！」

ニッコリと笑いながら威勢よく言った彼に俺もつられてしまったようだ。俺は笑いながら手を振って、池を後にした。

十二・ダンジョンへ — 中堅共

スライム釣りを見学したあと、俺は二階層の狩場にも足を運んだ。

二階層の狩場もスライムが棲《す》む池があったが、こちらには誰もいなかった。ダンジョンの入り口に近い一階の方が人気なのだろう。

そのまま三階層を目指して進むと、先日ベイルから説明された通り、ハンター達の休憩エリアと化していた。

テントを張って休む者がいたり、内部まで出張していた協会職員と会話する者がいたり、同じく出張したであろう武器職人がハンター達の剣を研いでいる。

他にも木箱が多数積まれていて、携帯食料や飲み水を販売する場所まであるようだ。販売されていた品物を覗いてみると、地上より割高な価格設定がなされていた。

ハンター達に交じって警備に駆り出された騎士達もいるようで、ダンジョンの中とは思えぬほど活気付いている。これが普段通りの三階層なのだろう。

彼らを横目に奥へと進むと、四階層に続く階段の横には槍を持った騎士が一人立っていた。

「おや、アッシュ殿ではありませんか？」

その騎士に名を呼ばれた。どうやら彼も先日の件で俺の名を覚えてくれていたようだ。

俺が挨拶を返すと、彼は敬礼して「先日はありがとうございました」と言ってくれる。

「四階からは魔物も活発になるので注意して下さい」

「はい。ありがとうございます」

騎士の忠告に礼を返し、俺は四階層に続く階段を降りていった。

階段を降りていくと、目の前に広がるのは草原だった。周囲の景色には大きな岩や木さえもあって、ダンジョン内だというのに長閑《のどか》な草原にしか見えない。

しかも、上を見れば青空と太陽まで浮かんでいる。

雲一つない青い空と輝く太陽は、地上にあるものと全く変わらない。肌を撫《な》でる穏やかな風も太陽から降り注ぐ眩《まぶ》しい光も、地上と同じように感じられるのだから不思議な気持ちになってくる。

「この階層から魔物の行動が活発になるとの話だが……。ん？」

目を細めながら草原の奥を注視すると、複数人のハンター達が牛のような魔物を追いかける姿があった。

魔物はどう見ても人間達から逃げていて、行動も凶暴性は感じられない。

「自発的に襲い掛かってくる魔物はいないのかな？」

そう思いながらハンドブックを開いて四階層のマップを調べた。次の階層へ降りる階段は西側にあるようだ。

そちらの方向に向かって歩いていると、木材で作られた立て看板が見えてきた。彫られた文字を見ると『階段、この先真っ直ぐ』とある。案内板があるのは便利だ。先人達に感謝しなければ。

「おっ」

長閑な草原を歩いていると、俺の前を横切ったのは角の生えた兎《うさぎ》。ぴょんぴょんと跳ねながら移動していたが、前を少し通り過ぎたところで兎が止まった。

俺の顔を見るように体の向きを変えると、体を小さく丸めて頭の角をこちらへ向けてきた。

「おおう!?」

なんと、そのままピョンと跳んで角で攻撃してきたのだ。可愛らしい見た目をしているが魔物には変わりない。それを思い出しながらも角を避《よ》けたあと、すぐに兎の首を刎ねる。

「この兎は……。えーっと?」

ハンドブックを取り出してリストの中から兎の名を調べると……あった。

角兎。見たまんまの名前だった。提出素材は角と魔石のようだ。

リュックからナイフを取り出して、角と体の内部にある魔石を取り出す。紫色の血に塗《まみ》れた魔石と角をタオルで拭いて、そのまま収納袋へポイと放り込む。

「ほんっと不思議な袋だな」

形状も重さも変わらぬ麻袋に再度感想を漏らしつつ、リュックに詰めてから再び階段を目指した。

さて、結果から言うと四階層から八階層までの構造は全て草原であった。ただ、出現する魔物の種類が徐々に増えていくようだ。

四階層の牛と兎の魔物に加えて、五階層には立派な角を持った鹿の魔物。六階層からは先端が槍のように鋭い巻き角を生やした羊、七、八階層には四階層から出現していた魔物が勢揃《せいぞろ》いする。

そして、辿《たど》り着《つ》いた九階層であるが……。

「今度は森か……？　いや、他国にあるジャングルってやつか？」

階段を降りた途端、目の前にはうっそうとした木々の密集地帯が広がる。他にも腰まで伸びた草や木々に巻きついて垂れる蔓《つる》など、歩くだけでも苦労しそうな場所だ。

しかも、上に輝く太陽が上層階より激しく光り輝いている気がする。立っているだけで汗が浮かび上がってきた。

「よう、九階層は初めてか？」

俺が景色を眺めていると横から声が掛けられた。声の主は階段脇から続く石の壁を背に座っていた男性ハンター。彼は槍を抱えながらタバコを吸っていて、休憩中のようだ。

「ああ、そうなんだ」

「だったら、木に巻き付いて擬態するヘビの魔物に気を付けなよ。毒持ちで噛《か》まれたらマズイ事になるぜ」

無理をした新人ハンターの死因ナンバーワンが、この九階層から出現するヘビの魔物によるものらしい。噛まれたら麻痺《まひ》毒が体内に回り、すぐに動けなくなってしまうようだ。

毒に致死性はないようだが、それでも単独行動中に動けなくなったら最後。あの世へまっしぐらなのは明白だろう。よって、九階層からはパーティーによる狩りが推奨されているらしい。

「そうか。情報ありがとう」

「いいって事よ。ここからはキツイからな。中堅が減ると氾濫も起きやすくなっちまう」

一階層にいた少年から学んだ俺はサイフから情報料を取り出すが、槍使いの男性は「いらない」と首を振った。

「情報料を寄越《よこ》せって言うのはガキ共だけだぜ」

そう言って笑われてしまった。また一つ賢くなってしまったな。

「ありがとう。それじゃあ、ちょっと行ってくるよ」

「ああ」

彼に別れを告げて、俺は剣を片手にジャングルを進む。鬱陶しい草を掻《か》き分《わ》けながら進み、頭上からヘビに奇襲されないよう気持ちゆっくりと進んでいると……。

「早速か」

木の上から気配を感じた。見上げると茶色のヘビがチロチロと舌を出しながら俺を見つめているじゃないか。

気付くのが遅れたら襲われていただろう。この茶色のヘビが新人殺しの『パラライズスネーク』らしい。

「動きはそう速くないのが救いだな」

木の上でこちらを見つめるヘビに向かってジャンプしながら剣を振るった。木の枝ごとヘビを両断して、一太刀で始末し終える。あくまでも奇襲を得意とする魔物のようだ。

「これは魔石だけか」

ナイフで頭を切り裂いて魔石を取り出した。上層階の魔物もそうだったが、魔石は小石程度の大きさしかない。

「やっぱり本格的に稼ぐなら十階層か？」

十階層は先日倒したブルーエイプの住処という話だ。先日のようにブルーエイプを乱獲すればウハウハ間違いなしだろう。

そう思いながら十階層に続く階段を目指して進み、東側にあった階段を降りていったのだが……。

「ん？」

降りている途中で階段の終点、一番下の段に腰掛けるハンター達の姿が見えた。しかも、下からは複数人の声援のような声まで聞こえてくる。

「ちょっとごめんよ」

腰掛けていたハンター達に道を譲ってもらって十階層に降り立つと、そこはもうハンター達の天国……いや、腕試し場と言うべきか。

「おいおい！　さっさと倒せよー！」

「危ねえぞ！　避けろ、避けろ！」

階段から正面、まだジャングルの木や草が侵略していない土剝き出しの場所で三人のハンター達がブルーエイプ相手に戦っていた。

一匹倒しては再びジャングルから飛び出してくるブルーエイプと戦い続けるハンター達の背後には、座って休憩しながら声援を飛ばす別のハンター達が。

周囲に漂う雰囲気はまるで闘技場のような感じであった。

「お？　あんた、噂のアッシュさんじゃないかい？」

ブルーエイプと必死に戦うハンター達を見ていると、横から声を掛けられた。顔を向けると、男女混合のパーティーらしき集団の中にいた男性ハンターがニヤリと笑っていた。

「これは何をしているんだい？」

「見ての通り、腕試しさ」

曰く、ブルーエイプを何匹連続で狩れるかの腕試しらしい。

十階層から十二階層まではブルーエイプを基本とした階層のようだが、どこも中堅ハンターに人気の狩場だ。全員が散開して狩りを始めると「どっちが狩るか」などと揉め事が起きる。

そこで、時間制限付きの交代で狩る事がハンター達の間で約束事となったのだが、人は慣れてくると刺激が欲しくなるもの。

いつしかハンター達は娯楽を求めるようになって、今の形になったとか。

「一つの階層に住み着くブルーエイプの数はざっと見積もって百匹ちょっと。全部狩り尽くすまで野郎共は襲撃を止めねえんだ。まぁ、中堅ハンターのパーティーが複数いりゃあすぐ終わっちまうのよ」

「余裕もあるし、腕試しを兼ねた狩りをしているってわけ」

男性ハンターが言ったあと、仲間の女性ハンターが補足を口にした。

「へぇ。なるほどな。十階層で稼ごうと思ったけど、難しそうだね」

「ブルーエイプで満足できないヤツは十三階層へ向かうよ。十三階層からはちょっと厳しいけどね」

女性ハンターが言うには、ブルーエイプの住処である十二階層までは中堅ハンター用。十三階層からは中堅を超える実力がないと厳しいらしい。

十三階層はハンター達にとって一種の壁なのだろう。十三階層を厳しいと感じるハンター達は十二階層で留まるしかない。そういった者が多くいるのか、十二階層までは常に満員に近い状態のようだ。

「なぁ。アッシュさんよ。例の氾濫を防いだ実力を見せてくれよ」

「おっ！　いいねえ！　見たい見たい！」

そう言いながら盛り上がる見学中のハンター達。どうにも断れなさそうな雰囲気だ。

「分かった。いいとも」

チンピラっぽいハンター達の提案に乗ってやる事にした。十三階層は明日にして、今日はここで稼がせてもらうとしよう。

「荷物を置いて剣を構えな。今戦っているヤツらとタイミングを合わせて交替だ」

いつの間にか俺一人で戦う事になっているようだが、まぁ構わないだろう。既にブルーエイプの戦い方は分かっているしな。

彼らの言う通りに荷物を置いて剣を抜いた。剣を下段に構えながらタイミングを窺《うかが》っていると、女性ハンターがカウントダウンを始める。

「三！　二！　一！　行けッ！」

カウントダウンの終わりと共に後ろへ飛《と》び退《の》いた三人のハンター達。俺は彼らの横をすり抜けながら前へ出て、まだ残っていた二匹のブルーエイプの首をリズムよく斬り裂いた。

首を飛ばした瞬間、背後からは「おおー！」と声が漏れる。だが、その声に応えている暇はなさそうだ。

群れの仲間を一瞬で屠った俺を強敵と認知したのか、ジャングルの中からは六匹のブルーエイプが同時に飛び出してきた。

「ヒュウ！　六匹か！」

「強いヤツって認められたようだぜ！　誇りなよ！」

他人事《ひとごと》のように言うハンター達の声を聞きながら、俺は自身の推測が当たっていた事に自然と口角を吊り上げる。

ただ、集中力は絶やさない。視線で六匹のブルーエイプを追いながら優先順位を付けていく。

まずは右側から。一番距離が近い。

一歩踏み込んで首を斬り裂き、そのまま背後に回転しながら剣を掬《すく》い上げるように振るう。これで二匹目。

横に半歩ほどステップして、今度は斜め上から首を肩口ごと断つ。左側から強烈な気配を感じ、後ろへ飛び退くと爪を立てたブルーエイプの腕が視界を通り過ぎた。

着地と同時に襲い掛かってきたブルーエイプの首をギロチンの如く斬り落とす。これで四匹目。

「キィイィッ！」

ジャングルから追加のブルーエイプが飛び出してくるがまだ距離がある。正面にいたヤツの首を飛ばしたあと、横から飛び掛かってきたヤツには腹へ回し蹴りをお見舞いして。

再び間合いに入った順から仕留めていく。

先日使用していた魔導剣ほどスムーズではないが、鍛冶屋で購入した剣でもそう悪くない。首を斬る際、骨に到達すると剣からその感触が伝わってくるが力を込めれば問題なく切断できた。

そう考えると、一切の引っ掛かりを感じずに首を斬れていた魔導剣の凄まじい威力が再認識できてしまうな。

剣の性能も確かにあるが、それでも苦戦せず狩れているのはブルーエイプの行動が単純だからだろう。優先順位と適切な間合いを保てばそう怖くはない。

たまに二匹、三匹で同時に襲い掛かってくる時もあるが、そういった場合は潔く距離を取ればよい。そこからまた優先順位を付け直せばいいだけの話だ。

「おいおい、噂はマジだったのかよ！」

気付けばジャングルから飛び出してくるブルーエイプはいなくなってしまった。一息つきながら周囲を見渡せば、ブルーエイプの死体が量産されていた。

「終わりかい？」

剣に付着していた紫色の血を払ってから鞘に納めて問うと、ハンター達は揃って肩を竦《すく》めた。

「終わり終わり！　これじゃ賭けにもなんねえな！」

「頼むからブルーエイプ狩りはよしてくれよ？　俺達の稼ぎがなくなっちまうぜ！」

見学中のハンター達から拍手を送られ、十階層から十二階層で狩る事をお断りされてしまった。

「はは、分かったよ」

狩り尽くしたブルーエイプを解体するのは大変だったが、初日も結構な稼ぎを得られた事には満足だ。

明日は十三階層へ足を延ばすとしよう。

十三・　十三階層の骨

昨日の稼ぎは七万ローズ程度になったが、一度小金持ちになった俺はそれじゃ満足できない体になってしまったらしい。

というのは冗談であるが、ハンター生活を始めて分かった事がある。

それは十分と思われる稼ぎを得たとしても、ハンター生活を続けようとすると意外に経費が掛かるということだ。

ダンジョンに持ち込む携帯食料や水は必須。いざという時のための医療品だって必要だ。

これらは便利な収納袋のおかげで重量等を気にせず持ち込めるが、収納袋に入れていても劣化は進んでしまう。つまり、入れっぱなしだと傷んだり腐ってしまうのだ。パンは固くなってしまうし、水筒に入った水も日が経てば傷む。小まめな補給が必要になるというわけだ。

そして、特に金を掛けるべきは剣や防具などの装備類。

多く稼ごうと連戦すれば武器が傷む。剣の研ぎ直しも必要だし、場合によっては買い替えだって必要になるだろう。

帝国騎士団時代は剣が傷めば新しいものを支給されていたが、それがどれだけ恵まれていたかを思い知った次第である。

協会はハンターを支援しているが、そこまで細かく面倒は見てくれない。

自分の命は自分で守り、稼ぎも自分の実力でどうにかするしかない。ハンターとは自由である反面、実力主義と自己責任の世界なのだ。

よって、自分に合う剣を探すのも、剣のメンテナンスをするのも自分で気にしていかなければならない。次の狩りを無事に終わらせるためにも、掛かる経費は想像以上に見積もらねば死に直結する。

他にも宿の契約金や毎日の食事代、酒やタバコを買う金だって必要だ。ちょっと贅沢《ぜいたく》したくなって散財する可能性だってある。それに来年の税金分も……。

諸々、そういった事も視野に入れると七万ローズでは胸を張って「稼げた」とは言い難い。

なので、今日こそは中堅の壁と称される十三階層に向かうつもりだ。十三階層へ行けばブルーエイプ狩りよりも金が稼げるからな。

そのために予備の剣も用意したし、昨日のうちに剣も研いでもらった。食料と水、医療品の詰め合わせだって購入した。

準備は万端だ。

昨日と同じく職員に入場手続きをしてもらって、サクサクと十階層まで向かう。

途中、十一階層と十二階層を目指す中堅集団と一緒になって進み、十二階層に到達した時点で彼らと別れた。

「十三階層へ向かうには壁沿いに行けばいいよ！」

十二階層に降りた時に、中堅ハンターから十三階層へ向かう道順を教えてもらった。どうやら十二階層入り口にある壁を左に沿って向かえば見えてくるらしい。

壁沿いに歩いていると、やはり不思議な気分になる。

ちょっと右側を見ればジャングルがあるのに、左側には石の壁がある。上空からこの階層を見たら、箱の中に作られたジャングルといった感じに見えるのだろう。

誰かが造った巨大な箱の中を歩いているような不思議な感覚だ。こういった不思議な造りをしているからこそ、ローズベル王国の学者達はダンジョンが多くの謎を紐解く鍵と考えているのかもしれない。

そんな事を思いつつ、途中遭遇したブルーエイプを始末しながら十三階層へ続く階段を見つけた。

階段を降りていくと、やはり上層階とは違った景色が飛び込んでくる。

「今度は洞窟か……？」

緑溢れる景色から打って変わって、今度はゴツゴツとした茶色の岩肌が剥き出しになった広い一本道が続く。

ただ、視界は良好だ。

壁沿いには魔導具のランタンがぶら下がっていたり、別のところには白く発光する石が岩肌から露出して光源代わりにされていた。

ぶら下がったランタンは先駆者達が設置したものだろう。ここまでは理解できる。

「一体、どうなっているのやら」

しかし、岩肌から露出する光る石などは人が造ったものには見えない。環境だってそうだ。一つ上の階層はジャングルだったのに、どうしてここからは違うんだ？

このダンジョンという存在は、どうやって造られているのか。

俺が生きている間に謎が解明される事を祈るばかりだ。

「さて、十三階層はどうかな」

気を取り直し、俺は改めて道の奥へ顔を向ける。

十階層～十二階層を支配していたブルーエイプの実力は事前に分かっていたので、そう危機感も抱いていなかった。

だが、ここから出現するであろう魔物は完全に初見だ。

昨日のうちに事前情報を仕入れていたが、実際に戦うとなれば別だろう。いつ遭遇してもいいように、俺は剣を抜いた状態でゆっくりと進む。

道幅が広く、天井も高いのは幸いだ。ロングソードを振るっても地形は邪魔にならないだろう。

「本格的に下層を目指すなら、色々な武器を用意しておいた方がいいかもな」

下の階はここより天井が低いなんて可能性もあり得る。今日は十三階層で稼ぎつつ、十四階層の様子を見て帰還しようと心に決めた。

「おっと……。お出ましか」

道を歩いていると、奥に赤く光る二つの点が見えた。赤い点はゆっくりと俺の方へと近づいてきて、光源に晒《さら》されるとその正体を露《あらわ》にする。

「本当に骨が歩いているのか」

事前に協会で聞いていた通り、十三階層に出現する魔物は骨の戦士――骨戦士《スケルトン》だ。

人型の白い骨はボロボロに朽ちかけているが、心臓の位置には鈍く光る拳大の魔石が見える。その魔石が原動力となっていると推測されていて、骨の体はしっかりと自立して動いているのだ。

加えて、手には折れた剣や槍を持っている事が多い。ハンター達の間では「ダンジョンで死亡した元ハンターの遺骨が動いているのでは」なんて言われているが……。

「どんなもんかね」

ゆっくりと向かってくる骨戦士に対し、俺は剣を構えてみせた。

すると、骨戦士はピタリとその場で停止。

俺に失った両目を向けながら「カタカタカタ」と顎の骨を鳴らしてくる。笑っているのか。それとも殺してくれと懇願しているのか。

カタカタと骨を鳴らした骨戦士は片手に持っていた折れた剣を振り上げ、カッカカッと足音を鳴らしながら突撃してくる。

「っ！　思ったより速いなッ！」

所詮は骨。骨の足が生むスピードなんてたかが知れている。体が脆そうだからスピードも出せまい。

そんなイメージがあったが、俺の考えを根底から覆すような滑らかな動きと速さを見せる。

初見の相手はこれだから怖い。

しっかりと相手の動きを観察しつつ、振り下ろされた一撃を剣で受け止めた。受け止めた途端、骨戦士が握る剣からはバキッと音が鳴ってヒビが入った。

折れた剣は年代物だったのか、俺が使う剣よりも脆いみたいだ。

しかし、それよりも気になるのは剣を振るった骨戦士である。

間近で見る骨の頭部、眼球がはまっていたはずの窪みの奥は闇のように暗い。その暗い闇の底に浮かぶ奥に赤い点が、まるで瞳の瞳孔のようにぐるりと動いた。

剣に掛かる重みもそこそこ。コイツは生き物として考えてよいのか否か、判断に迷う。

「このッ！」

俺は鍔迫り合いを嫌って、腹を真っ直ぐ蹴飛ばした……つもりだったが、ヒットしたのは脇腹部分。俺の蹴りは容易《たやす》く骨を砕き、足が骨戦士の胴を貫通してしまう。

「う、おっ!?」

脇腹部分を砕いたのに骨戦士の動きは止まらなかった。

痛みを感じるような素振りは見せず、再び剣を振り下ろしてくる。咄嗟に剣で受け止めるも、相手は体重をかけて押し倒そうとしてくる。

「こ、のッ！　邪魔だッ！」

今度は骨盤部分を思いっきり蹴飛ばした。すると、骨盤が砕けて骨戦士の下半身が崩れ落ちる。上半身は無事であったが、崩れ落ちるように地面へ沈んでいった。

その隙に距離を取ると、上半身だけになった骨戦士が這うように近づいてきた。頭部に向かって剣を振り下ろし、頭蓋骨を粉砕するとようやく骨戦士は動きを止める。

「頭部が弱点なのは共通か」

安心したのも束の間、頭部、脇腹、骨盤が粉砕された骨戦士の体が宙に浮かび上がった。粉々になった骨の欠片《かけら》すらも浮かび上がって、今度は心臓部分にあった魔石が淡い光を発する。

「これが話に聞いていた……」

光を浴びた骨戦士の残骸はみるみる修復されていき、次第に元の形を取り戻していく。そうして、俺と戦闘する前の状態に戻った骨戦士は再び赤い点を眼球部分に浮かび上がらせながら動き出したのだ。

「本当に復活するとは」

事前情報通り、十三階層から出現する骨戦士はある意味不死身の魔物。形ある骨をどれだけ砕こうとも、絶対に復活するらしい。

一応、先ほど見た通り頭部を破壊すると一時的に停止はする。だが、停止するだけで復活はしてしまう。

しかし、これについての対処法も予習済みだ。

俺はもう一度戦い始め、骨戦士の両手を剣で砕いたあと、肋骨《ろっこつ》部分を剣の柄頭で叩き割る。そうして作った隙間に腕を伸ばして、心臓部分に浮かぶ魔石を抜き取った。

魔石を抜き取った瞬間、骨の体はガラガラと音を立てて崩れ落ちた。しばしその場で待機するも、骨戦士は復活する兆しを見せない。

「本当に魔石を抜き取らない限り復活するのか」

もしくは、骨の中で浮かぶ魔石を破壊すれば活動を停止するらしい。

ただ、魔石を壊しては戦い損と言える。十三階層より出現する骨戦士から得られる素材はこの拳大の魔石だけだ。

協会曰く、体である骨は人間の骨と変わらないらしく素材として価値がない。

所持しているボロボロの武器も一応は回収対象で、協会に提出すると提携している工房が溶かして再利用するんだとか。ただ、かさばる上に価格も安いのであまり旨《うま》みがない。

しかし、上層階と違って魔石のサイズが大きいことは最大のメリットだ。

この魔石一つでまぁまぁな値段になる。骨戦士を楽々倒せる実力者であれば、魔石を集めて美味しい稼ぎになるとか。

「全体的に脆いのが救いかな……。しばらくは十三階層で稼ぐのが良さそうだ」

拳大の魔石を手の中でクルクルと回しながら眺めたあと、収納袋の中に落とし込んだ。

さて、十四階層に向かう階段までは進むか。

そう思った時、俺の耳は人の悲鳴を微《かす》かに聞き取った。

「奥か！」

誰かが戦闘で負傷したか。

俺は奥へと走り出す。一本道を走り、途中で分かれ道に到達。

右か、左か、響く音の方向を見極めようと耳に神経を集中させると——

「左だな」

再び悲鳴が聞こえた。

聞こえた方向に再び走り出すと、見えてきたのは骨戦士五体に囲まれている若い男女の三人組。

一人はその場に蹲《うずくま》っていて、残りの二人の男女が守るように骨戦士と戦っていた。

「助けはいるか！」

大声で問うと、俺の声を聞いた女性は必死な表情で叫ぶ。

「助けて！」

女性の声を聞いた瞬間、俺は剣を抜いて骨戦士達に向かって走り出した。

十四・　狩人の現実

「大丈夫か！」

駆け付けた俺は骨戦士を一体蹴飛ばしたあと、割って入るように剣を振るう。

魔石を回収するのでもなく、破壊するのでもなく、とにかく包囲された彼らの脱出路を作るよう一時的に骨戦士達を無力化させていった。

「早く！　包囲を抜けろッ！」

脱出路を作り、迫りくる骨戦士達を斬り飛ばしながら叫ぶと、若い男女のハンターは負傷した仲間を担いで包囲網から脱出。

「逃げるぞ！　先に行け！」

俺の背後に回った彼らに指示を出しながら、襲い掛かってきた骨戦士を横薙《な》ぎに斬った。

胴を粉砕されて崩れ落ちる骨戦士を目で追っていると、視界の端に切断された人間の腕が見えた。

どうやら負傷した若い男性は肘から先を斬られてしまったらしい。

となれば、すぐに手当てせねばまずい。止血しなければ出血多量で死ぬのは明白だ。

「階段へ走れ！　早く！」

俺はそう叫び、骨戦士を牽制《けんせい》しながら後ろ向きに移動する。剣を振り上げる骨戦士の骨盤を蹴飛ばして、距離を取ったあとにリュックの収納袋の中をまさぐった。

「煙玉、煙玉……！」

取り出したい物を念じながらまさぐり、中から球体を掴む。手に掴んだのは確かに魔物除けの煙玉。

肉の体がなく、嗅覚などなさそうな骨戦士であるが、試す価値はあるだろう。俺は密集する骨戦士達の足元に煙玉を投げつけた。

床に当たった瞬間、ボフッと音を立ててピンク色の煙が発生した。

それを視認したらすぐに階段の方向へと走り出す。先に逃げていた男女三人に追いついて、彼らを守るようにしながら階段まで逃げ込んだ。

階段まで到達すると、一旦彼らを制止する。後ろを見れば骨戦士は追ってきていないようだ。

「まずは手当てする。医療品は持っているか？」

「は、はい！」

女性が返事し、彼女がリュックの中から医療品を慌てて取り出すが、地面にぶちまけてしまう。

地面に転がったのは消毒液の入った瓶と小さく丸まった包帯だけ。幸いにして、消毒液の瓶は割れていなかった。

ただ、これだけでは足りない。俺はリュックを下ろすと、収納袋の中から追加で包帯とタオルを取り出す。

「腕を見せてみろ」

顔を青白くする男性が切断されたのは右腕だった。断面からは血が大量に滴っていて、すぐにでも処置しないと――いや、上まで保《も》つかどうかすらも怪しい。

だが、俺も彼の仲間達も諦めるという判断はできなかった。

断面にタオルを巻いて、包帯で断面より上を強く縛る。白いタオルには赤い色がじんわりと滲《にじ》み出し始めた。

しかし、今この場で施せる治療はこれくらいだ。

「すぐに地上へ戻るぞ！　彼を担げ！　魔物は俺が斬り払ってやる！」

男性と女性に怪我人を担がせると、今度は俺が先導する形で先を行く。そこからはとにかくスピード重視、走る速度を緩めない。

十二階層に住むブルーエイプが血の匂いに釣られたか、数匹ほど姿を現すが走りながら全て斬り捨てる。

首を切断できなかった個体もいたが、追ってこないのであればそれで構わない。とにかく走って十二階層の入り口まで向かった。

そうして見えてきたのは、いつものように入り口付近でブルーエイプ相手に腕試しする中堅ハンター達だ。

「怪我人だ！　どいてくれ！」

「ああ!?」

俺が叫ぶと休憩中のハンターが顔をギョッとさせた。

「ベン達か!? テメェら、十三階層に向かいやがったな!?」

十二階層で狩りをするハンター達の中には彼らの知り合いがいたようだ。数人が舌打ちしながらもベンと呼ばれた青年から怪我人を奪い取る。

「クソッ! 腕をやられたのか! おい、サミー! 死ぬんじゃねえ!」

怪我人の名はサミーというらしい。知り合いらしい中堅ハンターは彼を背負う。

「ワリィ、アッシュさん! 先導してくれ!」

サミーを背負ったハンターは、俺に向かって懇願するように叫んできた。

「任せろ!」

俺が先頭になって階段を駆け上がり、怪我人であるサミーを背負うハンターを囲うように別のベテランハンター達が付き添う陣形を維持する。

その中にはベンと呼ばれた青年と彼の仲間である女性も含まれているが、彼らは他の者達と違ってオロオロしているばかりだ。

「とにかく散らしてくれ!」

「ああ!」

素材剝《は》ぎなどせず、完全に狩る事すらも捨てて、とにかく地上までいち早く戻れるように剣を振るいながら突っ切った。

十階層まで到達した時点で、別の者が背負う係を代わる。代わる際、サミーの顔色を見た男が舌打ちをした。

「出血がまずい！　おい、口を開けろ！　ポーションを流し込め！」

ポーションとは小瓶に入った青色の液体をした万能薬だ。これを飲むと体内の臓器が活性化されて、大怪我を負っても助かる可能性が上がると言われている。

ダンジョンで狩りをするハンターにとっては最後に縋《すが》る魔法の薬といったところだろうか。

といっても、飲めば絶対に命が助かるわけでも、怪我が勝手に治るわけでもない。あくまでも一時凌《しの》ぎにしかならないだろう。

あと、ポーションは滅茶苦茶高い。小瓶サイズで十万ローズもする高級品だ。

彼らは自分達のリュックの中からポーションを取り出すと、無理矢理《むりやり》口を開けさせて青色の液体を流し込む。ゴフッと咳《せ》き込んで口から溢《こぼ》れそうになるが、男達が無理矢理口を閉じて強引に飲ませた。

「飲ませた！　飲ませたぞ！」

「行くぞ！　行け行け行け！」

小瓶を投げ捨て、再びサミーを背負ったハンターを護衛するように地上を目指す。そうして、俺達はようやくダンジョンの外まで走り抜けた。

「医者！　協会に医者を呼べ！」

一緒に地上まで走り抜けたハンターの一人が医者を呼びに行き、俺達は怪我人と共に協会へ向かう。

協会のスイングドアを荒々しく開けて、中に怪我人を運び込むと、入り口近くにいた女性職員から短い悲鳴が上がった。

「部屋貸してくれ！　医者は呼んだ！」

「はい！」

それからは職員達にバトンタッチだ。怪我人は協会の個室に運び込まれ、協会の近くで病院を経営する医者が協会内に駆け込んできた。

医者は怪我人の仲間達と共に個室に籠ったきりになってしまったが、俺にできる事はここまでだろう。

「アッシュさん、礼を言うぜ。仕事を中断させちまった補償と助けてくれた謝礼は俺達が出すからよ」

「いや、いらないよ。気にしないでくれ」

青年達を知る男性ハンター達が俺に頭を下げたが、俺は手でそれを制した。

「野郎共、俺と仲間達が世話したヤツらでな。まだ実力不足だから十三階層には行くなって話をしてたんだが……」

金目当てか、それとも功を焦ったか。どちらにせよ、自分達ならやれると過信した結果だろう。

ハンターになって成功すれば大金が手に入る。貴族のような裕福な暮らしが送れる。そう囁かれるハンタードリームの裏側では、彼のような目に遭った人がたくさんいるのだろう。

輝かしい光を浴び続けられる者など一握りだけだ。俺だって例外じゃない。ダンジョンで油断すれば腕どころか命までも失う可能性は誰にだってあるのだ。

「彼は、どうなるだろうな」

「ああ……」

ハンターは己の体が商売道具だ。たかが腕一本とは言うなかれ。腕一本でも失えば、ハンターとしての価値がガクリと下がる。

片手じゃ剣を振るう際のバランスだって崩れるし、剣と盾を両方持つのも不可能だ。私生活にだって影響は出るだろう。

何にせよ、容赦ない魔物に相対するにはかなりのハンデを負う。

ハンデをカバーできるほどの実力があれば別かもしれないが、まだ若く経験の浅い彼らではそれも望めない。

全部、生きていればの話だが。

「おっかない仕事だ」

そう呟いたあとも俺は動く気になれなかった。協会に用意された長椅子に座ったまま、どうにも腕を失くした彼のその後が気になってしまう。

明日は我が身だと分かっているからだろうか。あの腕を失った彼に少しでも救いがあるのか知りたかった。

一時間程度待っていると、青年が運び込まれた個室から年老いた医者が出てきた。ハンター達が医者に駆け寄ると、ニコリと笑って言うのだ。

「ポーション飲ませてなきゃ死んでたね」

随分とざっくりした答えだ。だが、あの青年は生きているのだろう。

彼らと知り合いであった男性は膝に両手をつきながら「よかった」と言葉を零した。ホッと安堵《あんど》する男性ハンターは俺の横に座り込んで、再び礼を言ってきた。

「アッシュさん、本当にすまなかった。恩に着るよ」

「いや、いいさ。だが、ハンターを続けるには厳しいか」

医者だって万能じゃない。斬られた腕を繋げるなど、今の世では不可能だ。ポーションという魔法薬で生存率は上がったとしても、欠損した腕を生やすほどの奇跡は……。

いや、魔法使いならあり得るかもしれないな。

だが、魔法使いという存在は特別だ。王族であったり、王族に連なる者や貴族である故に、こんな都市に住む人間一人に奇跡を齎《もたら》すほど安い存在ではない。

これが現実だ。特別ではない者達の現実。

「生きてりゃ、どうにでもなる。戦えなくてもダンジョン荷物持ち《ポーター》として稼げばいい。ハンターを辞めるにしても、片手でできる仕事くらい俺達が見つけてやるさ」

「そうか」

確かに生きてなきゃ終わりだ。あの青年は、腕を失っただけでラッキーと無理矢理にでも思わなきゃいけない。

そして、魔物に困まれようとも必死に守ってくれた仲間や彼のような世話焼きと知り合いになれた事に感謝すべきなのだろう。

あの青年にとっての救いはこの仲間達なのかもしれない。

俺はポケットからタバコを取り出して火を点けた。

「吸うかい？」

「ああ」

隣に座る男に一本譲って、俺達は肩を並べながら静かにタバコを吸い始めた。

「仲間か……」

俺の仲間だった人達は、今頃どうしているのだろうか。

十五・ウルーリカ、出国します

先輩から絵ハガキが届いてから三週間後。第十三隊に所属していた私達は一斉に騎士団を辞めた。

私とミレイ先輩、ウィル先輩が揃って辞表を人事部に提出すると、人事部の担当官は口を半開きにして驚いていた。

まさか三人まとめて同時に辞めるとは思わなかったみたい。こっちとしては大好きな先輩をクビにされたんだから「当然でしょ」と言いたかったけど。

まぁ、私達にとっては担当官の混乱具合は丁度良かった。グチグチと文句を言われる事もなかったし、上司を呼ばれて「辞めるな」と強要される事もなかったし。

担当官が混乱している状況に乗じて「はい、さようなら」って感じに退散できたのは時間の節約になった。

その後は三人でそれぞれの部屋がある兵舎に戻り、私物を回収してから再合流。ウィル先輩は帰りがけに用事があるとのことで、兵舎前で最後のお別れとなった。

「じゃあ、二人とも。向こうへ行っても健康には気を付けて。怪我もしないようにね」

「はい」

「おう。ウィルも達者でな。実家の仕事、頑張れよ」

私物を入れたバッグを肩に掛けて、ウィル先輩に手を振りながら「いつかまた会いましょう」と言葉を告げる。

彼に見送られながら、私はメインストリートに向かってミレイ先輩と歩き出した。

「ウルカはいつ出発するんだ？」

「私はすぐに帝都を発《た》ちますよ。調べたらローズベル王国行きの魔導列車は夕方が最終らしいですし、今から実家に戻って荷造りすれば間に合います」

時間はまだ昼前。今から荷造りしても余裕で間に合う。

今日中に先輩がいる第二ダンジョン都市に辿り着けなかったとしても、ローズベル王国領土内には入っておきたい。

「ふぅん。気合い入ってんな」

「ええ、そりゃもう」

私としては当然の行動予定と言える。一秒でも早く先輩に会いたいし。

「私はどうすっかな。不用品は処分していきたいし」

ミレイ先輩は肩に掛けたショルダーバッグ、それに大きめの木箱を両手で抱えている。どちらもパンパンに荷物が入っているようだが、一体何が入っているんだろう？　兵舎には持ち込み禁止だったお酒の類だろうか？

それとも兵舎で暮らす不良女騎士達と遊んでいたギャンブル道具？　何にせよ、国を出るのに必要な物とは思えない。

「ミレイ先輩、国を出るお金あるんですか？　魔導列車のチケットもそれなりにしますし、帝国を出る際はお金を取られますよ？」

チケット代は常識的な範囲内だろうけど、それでも平民じゃ買えないような金額だ。私達のような帝国騎士なら購入は可能だろう。

問題は帝国を出る時だ。

帝国を出る際は法外とも言えるお金が掛かる。帝国からすれば『通行料』といったところだろうか。

これは表向き帝国民を国外に逃がさないための措置だが、同時にお金持ちから現金を毟《むし》り取る方法の一つとされている。

もちろん、外国から来た外交官達も毟り取られる。しかし、彼らも大国である帝国には逆らえないので払うしかないというのが現状のようだ。

そういった事もあって、ミレイ先輩を心配したのだけど……。

「ふふん」

普段は給料日後からギャンブルやらお酒やらで給料のほとんどを使ってしまい、毎日のように「金がない、金がない」と喚《わめ》いているミレイ先輩。しかし、今日に限っては私にドヤ顔をしてきた。

何となくイラッとする表情だ。

「昨日、兵舎のヤツらと最後だからって博打《ばくち》を打ったんだ。そしたらなんと～？　大勝ちしたんだぜー！」

ヒャッホウー！　とご機嫌な様子を見せるミレイ先輩だけど、そのギャンブルで負けてたらどうするつもりだったんだろう？

「とにかく！　金の心配はいらない！」

「そうですか」

ルンルン気分で横を歩くミレイ先輩の表情は本当に嬉しそうだ。

ただ、私は一つ気になることがある。どうしても彼女に聞いておきたいことがあった。

「……ミレイ先輩って、アッシュ先輩の事どう思っているんですか？」

「え？　どう思っているって？」

私に問われたミレイ先輩はキョトンとした表情を見せる。本当に質問の意味を理解していないようだった。

「ミレイ先輩ってアッシュ先輩の事、好きなんですか？」

この人とは付き合いも長いし、共に戦ってきた戦友でもある。当然、同僚としては尊敬しているのよ。

でも、アッシュ先輩の事になると話は別。

だからこそ単刀直入に問うと、ミレイ先輩は「はぁ？」と声を上げた。

「私がアッシュを？　ないない！」

「本当に？」

「ああ。アッシュは確かに強い男だよ。剣の腕前は抜群だし、隊長としての才能もあるよな。あいつの指揮は動きやすかったし、何より的確だ。咄嗟の判断力も良い。自ら前に出ていく度胸もある！」

ミレイ先輩は「あとは～」とまだまだアッシュ先輩の良いところを挙げていく。

彼女の意見を纏めると――

「一人の騎士として尊敬してる」

「…………」

内心、本当にそれだけ？　と思った。

口から出てくる言葉が称賛しかないし、言い換えれば「良い男」って言っているようにも聞こえるんだけど……。

この人は普段から男勝りな性格と態度を見せているけど、その性格もあって男性にも気にせずボディタッチやスキンシップが激しい。傍《はた》から見れば「気がある女の振る舞い」と取られるような行動が多いのだ。

そして、その対象はアッシュ先輩が多い。これは同じ隊だし、ミレイ先輩より強い隊長だからってのもあるんだろうけど。

正直、イマイチ信じられないのよね。怪しいというか。今はこれが本心だったとしても、ふとした拍子に恋心が燃え上がりそうな予感がする。

私にとっては油断できない相手。

アッシュ先輩を横から掻《か》っ攫《さら》っていったクソブタ女を除けば、一番警戒するべき人だわ。

「ミレイ先輩って好きなタイプの男性像とかあるんですか？」

「うーん？　まぁ、強い男がいいよな。強ければ稼ぎもありそうだし。あとは私の面倒見てくれるヤツ。酒やギャンブルしても怒らないってのも重要」

強い男って部分はそのまま当てはまるわよね。

面倒を見るって部分も優しいアッシュ先輩なら許容しちゃいそう。好きになった人にはとことん尽くす人だし。あのクソブタと婚約していた時期の事を考えると間違いない。

――やっぱり油断できないわね。

今の私にとって最大のライバルはミレイ先輩だわ。これは一つ保険を掛けて正解だったかも。

「ところでさ、お前実家どうするの？」

私が考え込んでいると、ミレイ先輩は私の実家について問うてきた。

「え？　当然実家とは縁を切りますよ」

「いいのかよ？　一応男爵家の娘だろ」

「関係ありませんよ。私は私の人生を歩むと決めました。心から好きと言える人以外と結婚する気はありません。私は家族を捨ててでも、愛のために生きます」

これはもう決定事項。アッシュ先輩と結ばれるためなら何でもする。

家族にだって邪魔はさせない。

「ふぅん。あ、私こっちだから」

話しながら歩いていると、ミレイ先輩との分かれ道に差し掛かる。彼女は平民街の方へ行くようだ。一方の私は貴族の屋敷が並ぶ貴族街へ向かう。

「ここでお別れですね」

「まぁ、一時的にな。またローズベル王国で会おうや」

「ええ」

私は大声で「じゃあなー！」と別れを告げるミレイ先輩を見送った。

「またいつか会いましょう。ミレイ先輩」

彼女の背中を見送りながら、私は内心「ごめんなさい」と謝罪した。

私はアッシュ先輩を愛しているの。あの人と一生添い遂げたいの。

この気持ちだけは、ミレイ先輩であっても譲れない。

絶対に。

◇　◇

ミレイ先輩と別れたあと、私は帝都銀行に寄って貯金していた給料全額を引き出した。国を出るには十分なお金を持って実家へ向かう。

実家に帰ると、荷物を持って現れた私に対して、メイド達は珍しいものを見るような視線を向けてきた。滅多《めった》に実家へ帰らないので当然のリアクションかもしれないけど。

でも、彼女達に説明している暇はない。私は軽く挨拶をしてから屋敷の二階にある自室へ向かった。

自室に入ると、クローゼットを開けて持ち出す洋服の厳選を始める。あとは旅行にも使える大きなバッグを二つ、小物を入れるショルダーバッグを一つ用意した。

「この服は……。イマイチね。こっちも先輩の趣味には合わなそう。これは使えそうだから持っていくとして……」

今、私の頭の中にあるのは先輩の事だけ。大好きでカッコいい先輩。どんな窮地であろうと頼りになる先輩。後輩である私をいつも守ってくれた、愛する先輩の事しか考えられない。

早く会いたい。早く触れたい。早く一つになりたい。この先起きるであろう確定的な未来を思い浮かべながら、一心不乱に荷物を纏めていく。

大きなバッグには洋服を詰めていく。先輩を誘惑するためのセクシーな下着や寝間着も忘れない。

小さなショルダーバッグには大事な私物を詰めた。帰りがけに下ろしてきた貯金全額も忘れずに。

「先輩から貰った思い出の品も忘れずに持っていかないと」

兵舎から持って帰ってきた小さな木箱を開けて、中に入っていたアクセサリーを摘む。

まずは銀のイヤリング。これは先輩から弓術の練習でスコアを更新した際にご褒美として貰った。おねだりしたわけじゃないけど、休日の帝都デート中に先輩が「よくやったな」と言って買ってくれたの。

次は私の誕生日に買ってくれた髪飾り。綺麗な青い花の形をした髪飾りは、先輩とデートする日に必ずつけている。

他にも先輩との思い出が詰まった物は全て持っていく。置いていくわけがない。

持っていく小物類に忘れ物はないかと探っていると――液体の入った小瓶が出てきた。

ああ、これはあのクソブタを殺すために購入した毒だっけ。

私は小瓶を摘みながらジッと見つめる。

忘れもしない。愛《いと》しい先輩から「婚約者ができた」と言われた日の事を。

「チッ！」

私が「相手は誰ですか!?」と詰め寄ると、先輩は照れ臭そうに相手の名を言った。そこからは簡単だ。相手を調べ、殺害する手段を考えた。

毎日、毎日、考えた。

先輩の笑顔を独占するなんて許せない。一番最初に好きになったのは私なんだから。私だけが先輩を愛していいんだから。

「んふ」

でも、もうこの毒は必要ないよね。

あの愚かなクソブタは自ら降りたのよ。自ら婚約破棄してくれるなんて、少しは褒めてやってもいい。

いや、でも……。先輩のことだからクソブタ女との婚約解消を気にして心に傷を負っているかも。先輩、すごく優しいし、真面目だから。

「やっぱり持っていきましょう。いつか殺すために」

先輩を傷付けたかもしれない、と考えると無性にムカついてきた。やっぱり許さない。絶対にいつか殺す。

でも、その前に先輩の傷を私が癒《い》やしてあげなきゃ。心に傷を負っていたら、私がその傷を塞いであげなきゃ。私の全てを使って先輩の心配事をなくしてあげなきゃ。

「んふふ」

私は小瓶を小箱に入れて、バッグの奥に突っ込んだ。

「んーっと……。洋服は入れた。下着も入れた。大事な物とお金も入れた。弓は向こうで買うとして、ナイフくらいは携帯しておこうかしら？」

女性の一人旅は危険だって言うものね。ローズベル王国の治安がどれほどなのか分からないし、準備しておくことに越したことはないわよね。

私は愛用のナイフをナイフホルダー付きのベルトに収納した。いつでも抜けるようにと、何度か試して位置を調整する。

「うん。大丈夫ね」

最後に部屋の姿見で全身を確認。今は白いシャツにスカートとラフな恰好だけど、ローズベル王国に行ったら可愛い服に着替えよう。

先輩と再会する時はお気に入りの可愛い服を着て、積極的にアタックしてやるんだから。

「ふふ。楽しみ」

再会した時、第一声は何と言おう？　私は頭の中で再会時のシチュエーションを考えつつ、バッグを持ち上げた。

部屋を出ると、廊下にいたメイドが私に気付いて駆け寄ってきた。たぶん、荷物を持とうとしてくれたのだろう。

「お嬢様、どちらへ？　兵舎にお戻りになられるのですか？」

「ううん。私、騎士団は辞めたの。これから国も出るわ。貴女《あなた》も元気でね？」

私があっさりと告げたせいか、メイドはその場で固まってしまった。そんな彼女を放置したまま屋敷のエントランスを目指して廊下を歩き出すと――

「お、お、お、お嬢様!?　一体何を仰《おつしや》っているのですか!?」

まぁ、こうなるよね。当然のリアクションだと思う。

私はこれでも男爵家の娘だし。

帝国貴族において、貴族家の娘は家の力を強くする道具だ。私も先輩に出会う前は、どこぞの貴族家に嫁ぐのだと思っていた。

でもね、それは家が私にそう思わせていただけ。お父様とお母様が勝手に押し付けてきた将来にすぎない。

私はもう目覚めたのよ。歩むべき将来を、手に入れるべき愛を、支えるべき人を見つけたの。

だからこそ、私は自信たっぷりに歩く。胸を張って、これが私の人生において最良の選択なのだと言わんばかりに。

「ウ、ウルーリカッ！」

しかし、人生に障害は付きもの。

今、メイドから話を聞いて食堂から飛び出してきたお父様が最初の障害なのだろう。

「ウルーリカッ！　お前は何を考えているんだッ！　騎士団を辞めた!?　国を出ていく!?　何を言っているのか分かっているのか!?」

お父様は顔を真っ赤にしながら怒鳴り散らす。

だけど、私は「ふん」と鼻を鳴らして言ってやるのよ。

「ええ。私は国を出ます。家とも縁を切ります。今までありがとうございました」

きっぱりさっぱりと宣言すると、お父様の顔は更に赤くなる。

「ふざけるなッ!!　お前、正気か!?」

「まさか。これ以上ないくらいに冴《さ》えてますよ？」

「馬鹿娘がッ!!　思う通りにしたいのだったら、この私を倒してから行くのだなッ!!」

元騎士であるお父様は私に向かってファイティングポーズを取った。

いいわ。やってやろうじゃない。

私は持っていたバッグをその場に下ろし、肩に掛けていたショルダーバッグも下ろす。一歩、二歩、と前に出てお父様と対峙《たいじ》した。

屋敷のエントランスは静寂に包まれる。食堂の入り口やリビングの入り口から私達を見守るメイド達と執事の視線が向けられる中――

「ハイヤァァァッ!!」

先に仕掛けてきたのはお父様だった。騎士を引退してからだらしなく膨れた腹を揺らすも、踏み込みの速度はさすがは元騎士といったところ。

でも、遅い。遅すぎる。

私は先輩の部下なのよ？　帝国騎士団屈指の実力者でありながら、貴族達から正当な評価を与えられない影の実力者。その彼から毎日指導を受けて訓練を積んだ女なのよ。

騎士を引退して貴族達と腹の探り合いをするお父様のパンチなんて……。

「止まって見えるわ」

私はお父様の右ストレートを左手で弾く。弾いたことでお父様の体が私の左側に流れるも、利き足を一歩だけ前に出して脇腹にフックを叩き込んだ。

「オボォッ!?」

ズドンと鋭い一撃がお父様の腹に刺さる。間髪容れずにお父様の胸を押しながら足を払い、背中から床に叩き落した。

「あだぁ!?」

背中を強打して声を上げるお父様だったが、私はお父様へ馬乗りになった。

「ウ、ウルーリ――あぎゃッ!?」

馬乗りになって、顔面にパンチを連打。連打。連打。

実の娘が実の父親の顔面を殴りつける様は、メイド達や執事にとって地獄の光景だったのかもしれない。その証拠に背後から「お嬢様!」とか「お止め下さい!」なんて声が響く。

……そろそろいいかしら?

私は鼻血を出すお父様を見下ろしながら立ち上がり、最後の親孝行としてポケットに入れていたハンカチをお父様の顔面に落とす。

「私は私が思う人生を歩むわ。家族にも邪魔させない。私のことは死んだと思ってね。お母様やお兄様にもそう伝えておいて」

私は再び荷物を持って、驚愕《きょうがく》するメイド達や執事の視線を背中で浴びながら家を出た。

帝都のメインストリートを通って帝都駅へ。窓口でローズベル王国へ行きたい旨を伝えると、まずはローズベル王国南部の駅までのチケットを買って下さいと説明された。

なんでも、帝国から繋がる線路は国境を越えた最初の街までしか繋がっていないみたい。まずは南部の街に入ってから入国審査を受け、そこから改めて目的地までのチケットを買ってから列車を乗り換えなきゃいけないらしい。

駅員から言われた通り、私は南部行きのチケットを購入。駅員が立つ改札にチケットを出すと、駅員はチケットを千切って半券を手渡してきた。

これを受け取ったら駅の中にある出国審査所に向かう。つまり、受け取れば引き返せない。だけど、私は一切躊躇《ためら》わなかった。半券を受け取って、出国審査所に向かう。

審査所の窓口にいる気怠《けだる》そうな担当官に法外とも言えるお金を払い、内心で帝国への悪口を吐きながらホームへ向かった。

ホームに到着すると、黒色のボディをした魔導列車が見えた。ローズベル王国人らしき男性が外から車体のチェックを行っているのを横目に、私は三等客室のある八号車なる場所を探す。

ホームを奥へ奥へと歩いていくと、8がペイントされた場所を発見。

乗り口に足を掛けてから——最後に背後を振り返る。

「さようなら」

私は二十三年暮らした帝都に別れを告げた。

寂しさを覚えるわけじゃない。これは決意の別れよ。

「先輩、待っていて下さい」

貴方を愛するウルーリカが今、行きます。

十六・　帝国と王国

帝国騎士団副団長――リュードリヒは執務室で大きなため息を吐《つ》いていた。

「まさか、彼がクビにされてしまうとは」

リュードリヒの頭を悩ませるのは、第十三隊の件だ。十三隊には騎士として有能な男がいた。

名はアッシュという者であるが、リュードリヒが遠征で本部を留守にしている間に馬鹿な伯爵家のお坊ちゃんがクビにしてしまった。

その事実を聞いたのが、数時間前の出来事である。

追いかけようにももう遅い。既にアッシュは王城へ爵位の返上と身辺整理を済ませて帝都にあった自宅まで引き払ってしまったとか。

「クソ、ふざけやがって」

伯爵家の威光をチラつかせた愚行のせいで、有望な男が一人減ってしまった。代わりに残ったのは実戦経験が一度もないボンクラのお坊ちゃんだ。

「これからの時代、あの男のような存在が必要だったというのにッ！」

リュードリヒは机に拳を叩きつけた。

彼がアッシュを重要視していたのにはわけがある。

一言で言うなれば、野心。己の野心を達成させるための道具としてアッシュを使いたかったからだ。

リュードリヒの上司である現騎士団団長はもういい歳だ。あと数年もすれば団長の席を君に譲るとまで言って、間近に迫る引退を公言していた。

となれば、騎士団全体の統括と責任問題がリュードリヒの肩にのしかかる。それはまだいい。

「これからの時代、帝国もダンジョン経済を重視する日が来るだろうに！」

今、世界で一番潤っている国。それはダンジョンを経済の一部として取り込んだローズベル王国だ。その発展と繁栄は著しく、周辺諸国もローズベル王国を倣おうと躍起になっている。

帝国だって例外じゃない。

帝国は元々、国内にダンジョンが一ヵ所しかない事もあって、ダンジョンや魔物に対する意識は薄かった。それよりも他国との国境を守り、対侵略戦争に向けての国防意識が高かった。

しかし、ここ数年になって帝国上層部の風向きが変わりつつあった。

これまではローズベル王国の支援によって導入された魔導列車を利用するだけに留まっていたが、最近では続々と輸入される小型魔導具の便利さに皇帝や上位貴族達が気付き始めた。

それら魔導具を使用するためのエネルギー源である魔石の確保を早急に安定させねば、と上層部は常に口にしているのだ。

——財政省より、このまま魔導具の普及が続けばエネルギー源となる魔石の輸入価格が将来的に重くのしかかるかもしれないという予想も理由の一つだが。

魔石確保が急務と判断されれば、帝国も自前で魔石を確保するべくダンジョンを利用する日が来るだろう。

そうなったら、魔物と戦うのは帝国騎士団だ。

ローズベル王国内に設立されたダンジョンハンター協会に似た民間組織を結成させるとは思えない。何故なら、帝国にはダンジョンが一ヵ所しかないからだ。

騎士団で事足りると上層部は判断するだろう。むしろ、貴族主義が常識の帝国で民間組織など結成させるはずもない。

魔石を貴族達で独占し、いくつかのお零れだけが平民へと渡る。それが帝国という国だ。

その未来が容易に想像できるからこそ、対魔物戦で活躍したアッシュという人物がリュードリヒには重要だった。

上司である騎士団長に進言してアッシュを準貴族に押し上げて、自分が団長に出世した際に訪れるであろう変革に備えて打った布石でもあったのだが……。

「ああ、クソ……」

そして、彼が率いる第十三隊の存在も消え失せた。

リュードリヒが視線を向けるのは、ここ最近で除隊した者のリストである。

中にはアッシュの名前と第十三隊に所属していた三名の騎士達の名も加わっていた。アッシュの部下は、恐らくは指揮官が代わった事に不満を持ったのだろう。

しかも、騎士団を去った者達の名はどれもアッシュと共に例の氾濫を阻止した、第十三隊再編成時当初から所属する強者達ばかりだ。リュードリヒが団長になった際、アッシュと共に騎士団の要にしようとしていた者達である。

騎士団を辞めたのはアッシュを含めて四人。一人はまだ帝国にいるようだが、残り二人は既に帝国からも出ていってしまったと調査結果が届いていた。

「……嘆いていても仕方ないか」

過ぎた事は仕方がない、とリュードリヒはアッシュ達を諦めた。彼がここまで簡単に諦められたのは、あくまでもアッシュという人間が『ただの騎士』にすぎなかったからだ。

帝国では、という話だが。

——恐らく、帝国の歴史上で見ればアッシュの離脱は些細《ささい》な出来事だっただろう。

伯爵家の坊ちゃんがアッシュの功績をよく思わず、彼の婚約者にチョッカイを掛けて、それを利用しながらクビに追い込んだのも些細な出来事に過ぎない。

仮に彼がクビにならない未来があったとしても、帝国の歴史上にただの騎士であったアッシュの名が刻まれる事などまずあり得なかった。

だが、歴史上に大きな変化はなくとも、今を生きる人間達の人生には多少なりとも影響を及ぼしていく事になる。

◇　◇

同日。

ローズベル王国第二ダンジョン都市北区に聳え立つ城では、ダンジョン都市管理人を任された貴族の親子が数ヵ月振りに家族水入らずで食事を楽しんでいた。

「ベイル。この前の氾濫阻止は見事だったね」

そう息子を褒めるのは優しそうな顔をした老紳士。この場にいないアッシュが老紳士の顔を見れば「駅で出会った老紳士だ」と言うに違いない。

そして、その老紳士がまさか友であるベイルの父親——ダイル・バローネ伯爵である事にも驚きを隠せないだろう。

「はい。有能な友がこの都市に来てくれたおかげで、想像以上の成果を上げる事ができました」

肉厚なステーキをナイフでカットしながら、ベイルは帝国からやってきた友の事を口にした。

あの氾濫で怪我人が出なかったのはアッシュのおかげだ。彼とベイルが揃っていなければ、騎士団やハンター達に多少は被害が出ていただろう。

「ほう。どんな友人なんだい？」

「以前に話していた帝国の騎士です。二年に一度の交流試合で戦っていた男ですよ」

「ああ、お前と互角の実力を持つという騎士か」

合点がいったのか、老紳士は「良き人材が流れてきたものだ」と嬉しそうに頷いた。

「彼のように基本と基礎に忠実でありながら、魔物に対しても度胸があって臆せず前に出られる人間はそういません。本当に良い男が来てくれました」

「しかし、それほどの騎士であれば……。どうして我が国に来たのかね？」

「どうにも貴族から嫉妬を買ったようですね」

ベイルは飲みの席でアッシュから聞いた事を父親に話した。すると、老紳士は「なるほど」と頷く。

「帝国は貴族主義だからね。全く、馬鹿なものだ」

帝国の貴族主義をか、それともアッシュを手放した事にか。どちらに対して馬鹿と言ったのかは不明であるが、老紳士の関心はアッシュへと向けられる。

恐らく、彼は駅で出会った男とアッシュを同一人物とは思っていないだろう。それでも王国貴族の頭の中に『アッシュ』という名が刻まれたのは確かだ。

「彼はハンターになりました。このまま騎士団と連携していきたいと思っています」

「有能なのだろう？　いいじゃないか。研究所からも、そろそろ二十階層の調査を進めたいと突っつかれているからね」

王国上層部、研究所共に関心は数十年前からずっとダンジョンに向けられている。

それはもちろん、魔法の秘密を解く鍵として注目され、国を潤す魔導具開発に必要な材料が採れる場所として認識されているからだ。

しかし、現場を管理する貴族にとって上からの催促には二の足を踏んでしまう。

その理由は調査に掛かる人員の確保だろう。

第二ダンジョン都市に配置された騎士団が、これまで地下二十階層まで到達した回数はたったの一回。それも多くの犠牲を出しながら到達し、二十階層の調査もそれほど長く時間は掛けられなかった。

最下層まで到達した回数がたったの一回だけなのは、最下層付近に出没する魔物が単純に強く、それに対抗できる人間が少ないからだ。ローズベル王国内では常にハンターの人数は不足している状態だし、騎士団だって同じようなものだ。

更には、二十階層へ向かうのは人間である。食料も必要だし飲み物も必要になる。最下層に長く滞在するためにも物資を多く持っていかなければならない。

たとえ収納袋という便利な魔導具があったとしても、収納袋に収められないものは自力で持っていくしかない。

騎士団と共に戦う人間は勿論の事、物資を運ぶダンジョンポーターまで必要なのだ。場合によっては学者が同行する事もあるので、学者を守る護衛も必要になる事だってある。

だからこそ、アッシュのような人材はローズベル王国に歓迎されるのだろう。一人でも多くの強者がいれば、それだけ国が推し進める研究も捗《はかど》るし、他国を突き放すほどの経済成長をより加速させるからだ。

「調査計画は立ててみますよ」

「頼んだよ」

二章　押しかけ後輩とデュラハン事件

十七・　仕事終わりは楽しいお酒

十三階層での騒動から一ヵ月。

俺は変わらず、朝から夕方まで十三階層で骨戦士を狩り続けた。たまに十四階層にも顔を出すが、正直どちらも稼ぎは変わらない。

十四階層に行くと剣を持った骨戦士だけじゃなく、バルディッシュや両手剣を持った骨戦士まで出現するので厄介なだけだ。

したがって、一人で狩るなら十三階層の骨戦士の方が安全だし効率もよい。

たまに競合パーティーと一緒になる時もあるが、その時はお互いに譲り合うか、俺が十四階層へ降りるといった感じだろうか。

まぁ、とにかくだ。最近は稼ぎも帰還時間も安定してきた。夕方に地上へ戻って、帰りが一緒になったベテランハンター達と夜の飲み会をするくらいには安定している。

今日も夕方に地上へ戻って、共に十三階層で狩りをするベテランパーティー『筋肉の集い』に所属する二人の男と、行きつけの酒場で一杯やっている最中だ。

「アッシュさん、結局どこのパーティーにも加入しないのか？」

テーブルを共にする筋肉ムキムキマッチョマンのスキンヘッド男――タロンが骨付き肉に齧《かじ》り付きながら俺に問うてくる。

「俺達のパーティーに入ってくれりゃあよう。もっと下を目指せんのになぁ」

そう続くのは同じく筋肉モリモリマッチョマンのモヒカン男――ラージという名の男だ。彼はそう言ってジョッキに残るビールを呷《あお》った。

「う～ん。今は安定しているからなぁ」

こうしてハンター仲間と酒を飲みながら飯を食って、タバコをプカプカさせる生活がとても充実している。

むしろ、これが俺にとって理想的な日常だ。自由で素晴らしいじゃないか。

「だがよ、ハンター達の間でもアッシュさんがどこのパーティーに入るのかと皆がソワソワしているぞ」

「主に上位パーティーだけどな。そういや、『黄金の夜』のリーダーから誘われたってのは本当か？」

ラージ、タロンの順で会話が続く。

「ああ、誘われたよ。なんだっけ……。カイルさんだっけ？　彼に是非入りたまえ！　ってすごくキザったらしく言われたな」

黄金の夜という名のパーティーは、第二ダンジョン都市ハンター協会内でも上から二番目の実力を持つパーティーだ。

構成人数は五人。双剣使いのカイル氏と重鎧を着た男性戦士が前衛。偵察兼遊撃手である男性が一人。そこに弓使い、槍使いの女性が二人といった構成である。

リーダーのカイル氏は王国貴族の四男らしく、常に優雅さを追求している……変わり者と言うべきか。俺を勧誘してきた時も金色の長髪を「ファサァ～」と片手でなびかせていたっけ。

「あの人な。実力はあるけど仕草が鬱陶しいよな」

カカカ、と笑うタロンに俺は苦笑いを浮かべるしかない。

他にも数組のパーティーから勧誘されてはいるが、今は全て断っている。下手に所属して不自由さを感じても嫌だし、そもそも俺が加入してパーティー全体の連携が上手く機能するのかという問題もある。

人物的な相性もあるし、実力があるからと一言で決められるような話じゃない。

「でもよぉ。男なら最下層まで進んでよぉ。お国にも貢献して名誉とか欲しくねえ？　最下層までコンスタントに到達できるようになったら絶対女にモテるぜ？」

女好きのマッチョこと、ラージらしい願望だ。

彼が最近お熱なのは、協会の看板職員であるメイさんと別のパーティーに所属する女性ハンターである。

いつも二人に声を掛けているが成果は芳《かんば》しくない。二人同時に狙っているからダメなんじゃないだろうか、と何度言っても「二人共欲しいんだよ！」と譲らない、ある意味男らしい筋肉野郎である。

「アッシュさんは？」

女性関係どう？　とタロンに問われて、俺は肩を落としながら黙りこくった。

ああ、嫌な思い出が蘇《よみがえ》る……。別に女性と付き合うのが嫌になったというわけじゃないが、帝国での経験を思い出すと尻込みしてしまう。また酷い目に遭うんじゃないかって。

「そ、そーいやぁよう。協会で素材を精算している最中に聞いたんだが、十四階層でネームドが徘徊してたって噂だぜ？」

俺のリアクションを見た二人は何かを察してくれたらしい。話題を変えて、今度は最近協会内で噂になっている話を語り出した。

「ネームド？」

俺は顔を上げると、慌てて話題を変えたタロンに問う。

「ダンジョンにはよ、たまにレアな魔物が出現すんのよ。今日、十四階層で狩りしてたパーティーいただろ？　あそこの一人が、十四階層の奥で骨戦士とは違う見た目をした魔物を見たんだとさ」

ネームドと呼ばれる存在は、タロンが説明した通り非常に稀《まれ》な存在だ。

例えば過去の事例を挙げると、ブルーエイプの中に赤い毛並みを持つレッドエイプと呼ばれる猿が交じっていた事もあったそうで。

そういった魔物は突然変異で誕生した変異体と推測されているらしく、ダンジョンを研究する学者達が喉から手が出るほど欲しくてたまらない研究対象だ。討伐する、もしくは素材の一部でも持ち帰れば、特別報酬が国から支払われる事になっている。

「何でも、全身黒い鎧を着た魔物だったらしいぜ。ただ、暗がりの奥にチラッと見えただけだったらしいから定かじゃないとも言っていたけどな」

十四階層で戦っていたパーティーは、骨戦士の大群との戦闘中に仲間の武器が破損してしまったらしい。そんな状態で狩りは継続不可能と判断して、全員が入り口へと撤退を開始した。

そんな最中、パーティーメンバーの一人が後ろを振り返ると――暗がりの中に見た事のない魔物がいるのを目撃した。

その魔物は黒い鎧を身に纏い、両手剣を片手で持っていたとか。

「しかも、首から上がなかったらしい」

話を聞いたハンター達の間では、目撃者の語る風貌から御伽噺《おとぎばなし》に登場する『首無し騎士《デュラハン》』に似ていることから、早速名付けられたとか。

「へぇ〜。そんな事になっていたのか」

俺は十四階層に降りていたパーティーや筋肉の集いよりも少し早く地上に上がっていたし、協会でさっさと精算して武器屋へ剣を預けに行ってしまったからな。入れ違いになって耳に入らなかったのだろう。

「ネームドを狩るなら早くした方がいいぜ。報酬目当てに他のパーティーも群がるからな」

「時間が経てば他の都市にいるハンターの耳にも入っちまう。そうなると、大量のハンターが第二都市に押し寄せてくるぜ」

それだけ報酬が魅力的なのか。それに先ほど彼らが言っていた名誉の話にも繋がるのだろう。

確かにレアな魔物を討伐して国に提出すれば、ハンターとして有名になるのも理解できる気がするな。

ただ、俺が気がかりなのは明日からの稼ぎだ。

デュラハン出現の噂が出回っている以上、上位パーティー達はデュラハンを討伐しようと十四階層に集中するだろう。通過点である十三階層にも人の往来が増えるので、魔物との遭遇率が減りそうだ。

「ネームドってのは強いのか？」

「ああ。過去に出現したレッドエイプもえらく強かったらしい。遭遇したパーティーじゃ手に負えず、結局は別のヤツらが倒したんだけどな」

「どうしたもんか……」

となると、一人で活動している俺では手に負えない可能性が高い。

デュラハン騒ぎが収まるまでは活動休止か。それとも別の階層で狩るか。どちらにせよ、今の稼ぎよりも下回りそうだ。

俺が悩みながらジョッキを傾けていると、対面に座るラージが何かに気付いた。

「お？　えらいべっぴんさんがこっちに……」

「ん？」

ジョッキの中身を空《から》にした俺が、次に骨付き肉を食べようと手を伸ばした時――

「だ〜れだ」

俺の視界は真っ暗になった。同時に頭にむにゅりと柔らかい物体が当たる。

「え？　え？」

俺が困惑していると、視界は再び光を取り戻す。どうやら誰かに両手で目を覆われていたらしい。

今度はにゅっと俺の横に女性の顔が現れた。その顔を見た俺は、ひどく懐かしさを感じてしまう。

「ウ、ウルカ？」

「先輩、来ちゃいました♡」

俺の背後に立っていたのは、帝国騎士団の仲間であり、後輩のウルカだった。

十八・　かわいいこうはい　一

ウルカと再会を果たした俺は、彼女を連れて夜まで営業しているカフェへと移動した。

「別にあの酒場でも大丈夫でしたよ？」

「でも、酒場はうるさいだろう？　一緒に飲んでた二人にも悪いしな」

運河沿いにある席を確保しつつ、俺はウェイターに飲み物を注文。

客が少ないせいか頼んだ飲み物はすぐに運ばれてきて、俺の前にはコーヒーが。ウルカの前には紅茶が配膳される。

「さて、まずは……。一体どうしてローズベルに？」

やはり、この質問から始めなければいけない。帝国騎士団に勤めていたはずの彼女がどうしてローズベル王国にいるのか。

俺が抜けた事で部隊編成が起き、その影響で休暇でも取れたのか？　と頭をよぎったが——

「決まっているじゃないですか。先輩を追いかけてきたんですよ」

「え？」

「先輩を追いかけて、ここまで来ました」

そう言って、ニコリと笑うウルカ。彼女の笑顔を真正面から受けた俺は内心で焦った。

今の彼女はどうにも……。魅力的すぎる。

騎士団にいた頃は金髪をポニーテールにして纏めていたし、騎士制服や鎧を身に着けて無骨な恰好が多かった。女性らしさを感じさせる恰好ではなかったし、だからこそ俺もウルカを一人の後輩として見ていられた。

そもそも、彼女は部下だからな。部下に邪《よこしま》な感情を抱くなど、隊長失格だ。

だが、今の彼女に魅力を感じるなと言う方が無理だ。

ポニーテールだった髪を下ろして金色の長い髪が夜風に揺れ、服も春物のワンピースの上に薄いカーディガンを羽織っていて、とても可愛らしい恰好だ。

そもそも、彼女は顔立ちがとても良い。一言で言えばすごいカワイイ。いや、前々から可愛らしい顔をしていると騎士団でも有名だったし、俺も実際にカワイイと思っていたさ。

帝国騎士団を辞めて、私服姿の後輩を別の国で見ただけで、こうも抱く気持ちが変わってしまうものなのか。

そんな魅力的な年下の女性に「追いかけてきた」と言われて、焦らない男がいるだろうか。まさかと思わない男がいるだろうか。

単純すぎると自分でも思ってしまう。だが、それでも彼女に抱く気持ちを止められない。

「え、お、おお……」

「ふふ」

なんと返していいか分からず、俺は焦るばかり。どうにも調子が悪い。誤魔化《ごまか》すためにも次の質問を捻り出した。

「騎士団はどうしたんだ？」

「辞めましたよ。先輩がいない騎士団なんていても意味ないですし。私も先輩と一緒にハンターになろうと思って」

「は？　え？　ハンターに？　ハンターになったら国籍の離脱が不可能になってしまうんだぞ？　家はどうするんだ？」

彼女の家は帝国の男爵家だ。正真正銘、男爵家のお嬢様である。そんな彼女が他国で永住するなんて、親が許すものなのだろうか。

「ああ、親は説得しましたよ。ローズベルで暮らすって言ったら、父が『私を倒してから行け』とか言い出しまして」

クスクスと笑いながらその時の様子を語るが、俺の背中には冷たいものが流れた。

「お、御父上と戦ったのか……？」

「はい。ボッコボコにしてきました。完膚なきまでに」

だろうね。

君、マジで強いもんね。騎士団にいた頃、別の隊に所属する男連中がナンパしてきたら訓練場でボコボコにしてたもんね。

「それで、ですね。家と縁を切って先輩のもとに来たんです」

彼女は長い髪の毛先を指でくるくるといじりながら、上目遣いで告げる。

……もう家と縁を切ってしまったのか。俺は後輩の行動力に顔を両手で覆うしかなかった。

「ほ、本当にハンターになるのか？」

「はい。私もハンターになって先輩の傍にずっといる事にしました。あ、ハンターとお嫁さんの両立でもいいですよ？」

随分とハッキリ言ってくれる。言った本人は顔色すらも変えていない。さっきから俺の心臓は口から飛び出そうなほど暴れ回っているというのに。

「ウルカ。その、君は……」

ここまで言われて気付かぬわけがない。

俺は彼女に問おうとするが――

「はい。なんですか？　どうぞ、なんでも聞いて下さい？」

彼女は、聞きたい事は分かっていると言わんばかりに体を前のめりにしながら顔を近づけてくる。その表情はとても挑発的であったが、同時に嬉しそうにも見えた。

「……なんでもない」

俺は内心で「クソがッ！」と叫んだ。

好意を寄せているのかどうかを聞けばすぐに彼女は答えてくれるだろう。

だが、どうしても聞けなかった。

彼女が俺に好意を寄せていてくれて、男女の付き合いを望んでいたら断れる自信がない。

なんたって、俺は彼女をよく知っている。ウルカは明るくて人懐っこい可愛い女性だ。彼女が新人の頃からずっと指導してきたのもあって、お互いをよく知っている。

きっと一緒にいたら、俺は彼女を愛してしまうだろう。

だが、そう思うと無性に怖くなる。

それは酒場でも思い出した帝国での出来事。婚約していた女性に酷く裏切られた経験をしたせいか、ウルカもいつかは俺のもとから去ってしまうかもしれないと考えてしまったから。

だったら、今の関係性のままの方がいいんじゃないか――なんて卑怯《ひきょう》な考えまで浮かぶのだ。

俺は、なんて卑怯で臆病なのか。魔物相手にはここまで怯《おび》える事なんぞないのに。クソがッ！

ウルカの顔を直視できずにいると、テーブルの上にある俺の拳をウルカの手が優しく包み込む。

「先輩、可哀想《かわいそう》。あのクソブス女のせいで心に傷を負ってしまったんですね。安心して下さい。私はずっと先輩の傍にいますよ」

そう言って、ウルカは慈愛に満ちた女神様のような笑顔を浮かべる。

「ク、クソブス？」

「大丈夫です。約束します。命懸けます。クソブスで性格もゴミな醜悪女のように裏切ったりしません。絶対に傍に寄り添って待っていますから」

「え、ええ……？」

「だから、いつかは先輩から言ってほしいな。先輩の気持ちが整理できるまでずっと待ってます。ああ、焦らなくていいですよ。私の気持ちはずっと前から決まっていますから安心して下さいね」

とっても可愛らしい笑顔を浮かべるウルカだったが、俺は少々恐ろしく感じた。どうしてだろう。途中で物凄い事を口走っていたからだろうか。

「ふふ。あのメスブタに先輩を盗《と》られなくて本当によかった。諦めなければいつか恋が叶《かな》うって本当だったんだなって思いましたよ。私がこれからいっぱい先輩の心を癒やしてあげますからね」

「…………」

ウルカの目が笑っていない。帝国で起きた氾濫事件の時よりも恐ろしい顔をしているじゃないか。

やけに喉が渇くな。俺はブルブルとカップを震わせながらコーヒーを飲み干した。

「そ、そろそろ、いい時間だし宿に戻ろうか。そういえば、ウルカは宿を確保したのか？」

「はい。してありますよ」

彼女の持ち物をよく見れば、小さな肩掛けバッグしか持っていなかった。宿に荷物は置いてきたのだろう。

「じゃあ、送っていくよ」

席を立って支払いを済ませると、ウルカは俺の腕を取って絡み付くように身を寄せてきた。

「えへへ。行きましょう」

彼女に宿まで案内してもらいながら道を進んでいくと……。どうにも、俺が契約している宿と同じ方向だ。

まさか、と思った。

だが、やはり案内された宿は俺と同じ宿であった。

「ウ、ウルカも同じ宿なのか」

「はい！」

俺は宿のフロントで自室の鍵を受け取って、ウルカと一緒に二階へ続く階段を上る。

彼女は俺の腕を掴んだまま、俺の部屋の前まで共に向かって……。

「ウルカの部屋は何号室なんだ？」

「ここですよ」

「え？」

彼女は俺の手から鍵を奪い取り、俺の部屋のドアを開けた。

するとどうだろう。

部屋の中にはベッドが二台くっついた状態で置かれており、テーブルの上にはウルカが帝国から持ってきたであろう荷物が置かれているじゃないか。

ウルカは俺の腕を引っ張って部屋の中へ入れると、物凄いスピードで背後に回ってドアと部屋の鍵を掛けた。

鍵が回った「カチャン」という音が俺の耳に残る。

その直後、彼女は俺の背中に抱き付いてきて、顔を押し付けてきた。

「んふ～！　はぁぁぁ……」

そんでもって、思いっきり匂いを嗅がれた。

「ど、どうして俺の部屋に？」

「協会で宿を聞いて先回りしました。こうすれば、私の本気が伝わると思って」

腹に回されたウルカの腕に力が入る。もう逃がさないと言わんばかりに……。

ゴクリと俺が喉を鳴らすと、今度は俺の耳元に口を寄せて囁くのだ。

「これからは、ずーっと一緒ですよ。先輩」

十九・　かわいいこうはい　二

ちゅんちゅんと鳴く鳥の声で目が覚めた。

瞼《まぶた》を開けて、ぼやける視界が徐々に定まっていくと——目の前には可愛い寝顔があった。

「ホワァ!?」

思わず声を上げてしまったが、隣で眠るウルカはまだスヤスヤと寝息を立てている。

彼女の可愛い寝顔、それにYシャツ一枚と下着だけというパジャマ姿——パジャマ代わりにしたいと昨晩シャツを要求された——をじっくりと見てしまって、俺の心臓は馬鹿デカイ太鼓を叩くが如く大量の血液を送り出す……ような気がした。

誤解がないよう予《あらかじ》め言っておくが、手は出していない。出していないぞ！　耐え切ったんだ、俺はよォ！

「んん……」

しかし、彼女の寝顔を眺めていると……。

横になった顔の頬には金色の綺麗な髪が少しだけかかっていて色気を感じてしまう。

ぷっくりとした唇も胸元の開いたYシャツ姿も下着一枚の下半身も……全てが俺の理性を破壊し

ようとしてくるのだ。

もはや、眠る凶器である。男の理性を破壊する究極兵器だ。

思わず彼女の寝顔に手が伸びてしまった。俺の手が彼女の頬に触れるか触れないかの距離で「やっぱりダメだ」と自制心が働く。

伸ばした手を引っ込めようとするが……ガシィ！　とウルカが俺の手首を掴んだ。

「んふふ。触ってくれていいんですよ？」

そして、強制的に俺の手を頬に触れさせる。こ、こいつ！　起きていやがった！

「お、起きてたのか」

「ふふ」

うっすらと目を開けたウルカは、俺の腕を操作しながら自分の頬を撫でさせる。

「先輩ならどこでも触ってくれていいのに。好きにしていいんですよ？　私は大歓迎ですから♡」

「……支度して朝食を食べに行こう。今日は協会でライセンスを取得するんだろう？」

ぐっと耐えた。俺は耐えたんだ。偉い。偉いよ、俺ッ!!

ただ、ウルカ的には不満だったようだ。口を尖《とが》らせて「ちぇー」と不満顔。そんな顔も可愛くてしょうがない。

「ライセンス取得したあとは一緒に観光ですよ？」

分かったよ、と言って俺はベッドからテーブルへと移動する。飲みかけだった水筒の水を飲んで、寝起き一発目のタバコに火を点けた。

「先輩、タバコまた吸い始めたんですか？」

ウルカの声に顔を向けると裸Yシャツ姿のウルカが上半身をぐぐと伸ばしていた。セクシーすぎる。俺の目を破壊する気か。

「ああ。うん。もう節約する必要もないしな」

そう言ってタバコの灰を灰皿に落とすと、ベッドから移動してきたウルカが俺の首筋に鼻を近づけて匂いをくんくんと嗅ぎ始める。

「私はこっちの方が先輩っぽくて好きです」

「そ、そうか……」

ニマッと笑う彼女の表情に年甲斐《としがい》もなく顔に熱を感じた。

騎士団にいた時よりもスキンシップが激しくて調子が狂う。昔はもっと先輩らしい態度を取れていたと思うんだけどな。

このままじゃ時間の問題な気がしないでもない……。早くもウルカに陥落しそうな俺の弱い心を認めそうになりつつも、俺はタバコを咥《くわ》えながら着替えを始めた。

「着替えましたよ」

「ああ」

着替えたあと、吸い終わったタバコを揉み消していると背後から声が掛かる。振り向けば、着替え終わったウルカが立っていた。

今日の装いはノースリーブの白いシャツに黒のスカートか。シャツの襟には緩く結んだネクタイが垂れ下がっていて、外で羽織るためのジャケットが腕に掛かっていた。

シンプルだがそれが良い。スタイルが良い彼女にはとても似合っていた。昨日と同じく長い髪が結ばれていないのも新鮮だ。

「どうですか？」

「ああ、可愛いと思う」

「良かった」

俺が素直な感想を告げると、彼女は満面の笑みを浮かべた。

その笑顔は騎士団にいた時に見せていた笑顔と同じもので、とても懐かしさを覚えると同時に「本当にウルカがいるんだ」と再認識させてくる。

「よし、行くか」

「はい！」

◇◇

宿の食堂で朝食を摂《と》ったあと、俺達は街を散歩ついでにゆっくりとハンター協会へ向かっていた。

「先輩、あのお店は？」

「ああ、あそこはパン屋だ。アップルパイがオススメって話を聞いたな」

「へぇ～。じゃあ、今度一緒に買いに行きましょうね」

るんるん気分のウルカは街にある店を指差しては俺に聞いてくる。騎士団では見られなかった年相応の女性らしい態度に最初は驚いたが、次第に心地よくなっていく自分がいたのも確かだ。

うん、なんだろうな。貴族のご令嬢と婚約していた頃よりずっと楽で楽しく感じる。まぁ、ウルカも貴族のご令嬢なのだが。いや、今は「だった」か。

しかし、この違いはお互いをよく理解しているからなんだろう。それに規則や使命感に囚《とら》われない自由な生活を送っているからか。

帝国にいた頃は……今思えばずっと息苦しかったように感じる。あの頃の俺は必死すぎたのかもしれない。そういった意味では、元婚約者にもつまらない思いをさせていたのかもしれないな。

「しかし、ずっと腕を組んでいるのはどうなんだ？」

「え？　嫌ですか？」

「………………」

正直、嫌じゃない。俺だって男なんだ。

可愛い女の子と腕組んで街を歩けるなんてサイコー！　元後輩が追っかけてきてくれるなんてサイコー！　と叫びたいに決まっている。

しかし、叫ばないのは先輩としての矜持《きょうじ》があるからだ。みっともない姿を見せたくないという、ちっぽけな意地があるからだ。

ただ、この絶妙に近い距離感を失いたくないとも思う。

「フフ」

だが、どうにも見透かされているように思える。彼女が浮かべている幼い子供を見るかのような表情がその証拠だろう。

「あ、協会が見えてきましたね」

「ああ」

組まれた腕を解消しようとしても、彼女は女性とは思えぬパワーでそれを阻止してきた。

俺は諦めた。このパワーで御父上をボコボコにしたのか？

ウルカと腕を組んだまま協会に入っていくと、入り口付近にいたハンター達から一斉に顔を向けられる。俺の存在に気付いたハンターが声を掛けてきたのだが……。

「あ、アッシュさ――ヒッ!?」

「き、昨日の女……!?」

一体どういうわけか、皆が俺と腕を組むウルカを見て顔を引き攣らせたのだ。

しかし、彼女に顔を向けても大したリアクションはない。相変わらず俺の腕に絡み付いたままニコニコとしているだけだった。

「……ライセンス取得しようか」

「はい！」

カウンターに向かうと、今日の受付担当はメイさんだった。彼女に挨拶しようと片手を上げたのだが、どうにも彼女の表情がおかしい。

「ぐ、ぐううう!!」

彼女は下唇を噛み締めながら、持っていた鉛筆をバキリと握り砕く。彼女の視線はウルカに向けられているようだが。

「ライセンスの取得に来ました～☆」

「ぐ、くうううッ！　少々お待ちになって、下さいねッ！」

俺と組んでいる腕を見せつけるようにしながらメイさんに用件を伝えるウルカ。

歯軋《はぎし》りしながらカウンターの下から用紙を取り出して、その用紙をカウンターへ叩きつけるメイさん。

二人の間に一体何があったのか。

用紙に個人情報を記入している最中、ウルカは「緊急時の連絡先」の項目を指差しながら俺の顔を見た。

「先輩。この項目は先輩の名前でいいですよね？　だって、私は先輩のお嫁さんになるんですし」

ウルカは『先輩』の部分と『お嫁さん』のところを随分と強調しながら言ってきた。

「宿も同じだし～。部屋も同じだし～。んふふ」

俺に同意を求めていないながら、俺の答えは聞かないようだ。周りに聞こえるよう、やや大きめの独り言を発しながら項目を記入していく。

『やっぱり、アッシュさんの女じゃねえか』

『タロン達が言ってた事は本当だったんだ』

『昨日だってナンパしてきた野郎を全員グーパンでぶっ飛ばしてただろ。あと、アッシュさん狙いの女にメンチ切りまくってたよな』

『メイちゃんなんざ、ほぼゼロ距離でメンチ切られながら殺すぞって言われてたよな』

俺は気合いで聴覚をシャットアウトした。聞かなかった事にしよう。

「できました。どうぞ」

メイさんはウルカが記入し終わった用紙を荒々しく回収。

「はい、カードッ！」

そして、出来立てホヤホヤのライセンスカードをカウンターにバシィィッ！　っと叩きつけた。

「これで先輩と一緒にダンジョンへ入れますね！」

「あ、ああ……」

カードを叩きつけられた本人は全く気にしていない様子。それが余計に腹立つのか、メイさんは他人に見せちゃいけない顔でウルカを睨みつけていた。

「さぁ、先輩。お買い物行きましょ。ダンジョン用の服とか買わなきゃ！」

ぐいぐいと腕を引っ張られて、俺は協会から連れ出されていった。

背中越しにメイさんの「クソがよォォォッ！」という叫び声が聞こえてきたが、俺は聞かなかった事にした。

二十・お買い物

協会を出たあとは、観光ついでにダンジョンで必要になる物を揃えるべく店を回ることに。

もちろん、ウルカと腕を組んだまま。

まず最初に立ち寄ったのは洋服店だ。といっても、ダンジョンで着る服に特化した店。俺もお世話になった、所謂《いわゆる》ハンターご用達《ようたし》の店ってやつだ。

店のラインナップは男性用と女性用で分かれているが、バリエーションと品物の数としては女性向けの方が多い。大体、店に置かれている商品の中でも三分の一が男性用。残りが女性用となっている。

この辺りは他の洋服店でも同じような感じだ。まぁ、服のデザインを重視するのは男性よりも女性の方が多いからな。当然の結果だろう。

しかしながら、女性用のデザインは……。極端なものも多い。

「先輩、どっちが好みですか？」

ウルカが提示した選択肢は二つ。

一つは普通の白いシャツ。生地は厚め。少しでも素肌を守ろうという意図が感じられ、ダンジョンで活動するハンター用に作られているんだなと一目で分かる。

もう片方は完全にビキニ。胸の大半が露出するであろう超小さいビキニ。下はほぼ紐。

二つ目の方は先ほど語った極端なデザインというのに該当する。

「いや、こっちでしょ」

俺は迷うことなく白いシャツを指差した。

いや、だっておかしいじゃないか。ダンジョン内でビキニって。絶対死ぬじゃん。守れてないじゃん。

「こっちもハンター用ですよ？」

「嘘だろ!?」

絶対嘘だと思ったが、ウルカが指差した棚には『女性ハンター向け』のラベルが貼ってあった。

棚に陳列された服のデザインを見ると、他にも同じような露出度高めの服が多い。

「ええ……。服の下に着るんじゃないのか？」

要は女性物の下着的な商品かと思いきや、金属で作られた『ビキニアーマー』なる商品まで置かれている。

いや、待てよ？　魔物の攻撃が防具や服を貫通した際に女性の体を守る意味でもこれが正しいのか？　金属製のビキニはある意味で防具扱いなのか？　防具下着？　だめだ。頭がこんがらがってきた。

「ああ、それは娼婦《しょうふ》の方が身に着けるんですよ」

たまたま商品を補充しにやってきた従業員が教えてくれた。

これら極端なデザインの服はダンジョン内で活動している娼婦達が身に着ける商品のようだ。

「ほら、ハンターって男性が多いでしょう？　娼婦の方々はダンジョン内で過激な服を身に纏いつつ、弱い魔物を狩るんですよ。そうすることで小銭を稼ぎながら自分もアピールできるでしょう？」

娼婦の中にはハンターライセンスを持った人もいるようで、そういった人は露出度高めな服を纏って弱い魔物を狩っているそうだ。

ハンター業としては小さな魔石を集めて小銭を稼ぎつつ、男性ハンター達に自身のスタイルをアピールしながら娼婦としての営業も行う。兼業としては一石二鳥。

声を掛けてきた男性ハンターには所属している娼館を教えて「夜になったら遊びに来てね」と娼館での指名を誘うらしい。

「はー、なるほど。よく考えられているなぁ」

そういえば、協会にレオタードみたいな服を着ている人もいたな。あれは本業が娼婦である人だったのか。

てっきり、その人の趣味で作られたオーダーメイド品を着用して奇抜なファッションを楽しんでいるのかと思っていたが、ハンター業としての稼ぎを換金しに来ていたのか。

「まぁ、普通の女性ハンターも狙いの男性を誘惑するために買うって人が多いですけどね」

「ふぅぅぅん」

従業員の一言を受け、ウルカの目が輝いた気がした。

「先輩、好みを教えて下さい。どんな形がいいですか？　色は？」

ウルカは棚から色々取り出し、俺に「どれがいい？」と見せてきた。どれもセクシーで男の本能をくすぐるものばかり。

結局のところ、俺は黒色のビキニを指差してしまった。だが、俺に罪はないはずだ。仕方ないんだ。誰だってそうするはずだ。

内心で言い訳ばかりを叫びながらも、ウルカを止められなかった自分が情けない。

俺は、弱い……！

自身の弱さを噛み締めつつも、ウルカの着るダンジョン用の服を揃えた。

ついでに自分の服も。

隣で意見をもらえるというのは有難いことだ。特に女性のファッションセンスは聞いていて勉強になる。

自分も含め、男性ハンターは機能性重視か着られればいいという考えになりがちだ。ウルカのおかげで機能性を重視しつつも色合いや上下の合わせ方などを考慮して服を選ぶ事ができた。

「んふふ。先輩、今日の夜は期待していいですよ？」

店を出たあと、紙袋を片手に持ったウルカは俺の腕を抱きしめながらそう言った。

とても挑発的な表情で。いや、この場合は小悪魔的と言った方が正しいか。

洋服店で買った過激な服が頭の中に浮かび、腕にはウルカの柔らかな感触が……。

「ば、馬鹿なことを言うんじゃありませぇん！」

精一杯、先輩の威厳を出した。期待なんてしていない、俺は硬派なんだと。

声が上ずったのは気のせいだ。

「ふふ。先輩のそういうところも好き♡」

「と、とにかく！　次は武器屋に行こう！」

「はぁい♡」

俺達は両手に紙袋を持ちながら、南区にある行きつけの武器屋へ向かった。

店の名は『カルメロ武具工房』――以前、ベイルに紹介してもらった店。

あれからすっかりお世話になっている。以前購入した剣のメンテナンスも依頼しているし、すっかり顔馴染みになった。

入り口ドアを押すと、いつものようにチリンチリンとベルが鳴った。

奥の作業場からひょっこり顔を出すのはスキンヘッドに白いヒゲを蓄えた背の高い親父《おやじ》。

「おう、アッシュ。どうした？」

「おやっさん。彼女の武器と防具を見に来たんだ」

俺はカルメロ氏を「おやっさん」と呼べるくらい常連になっている。向こうも気安く名を呼んでくれるし、色々相談にも乗ってくれて有難い存在だ。

「いいとこのお嬢さんにしか見えねえが、ハンターか？」

ウルカとおやっさんが互いに挨拶と自己紹介を終えると、俺はおやっさんに彼女の使う武器が置かれた棚を指差した。

「彼女は弓使いでね。相談に乗ってもらっていいか？」

「ああ。いいとも。手に取って引いてみな」

俺とウルカは揃って棚に向かい、ウルカがさっそく弓を手に取って眺め始めた。

「帝国のものと随分違いますね」

おやっさんの店に並ぶ商品はどれも王国最新式だ。

王都研究所が研究・開発して一般工房に使用許可を出した『合金』を使ったものが多い。これは俺が購入した剣に限らず、弓にも使用されている。

「最近特に人気なのはこれだな」

その中でも特に人気なのが「コンパウンドボウ」と呼ばれる弓だった。

弓に備わった滑車を利用しているので少ない力で弓を引ける。そのことから、女性ハンターに人気の弓なんだそうで。

俺も一本手に取って弦《つる》を引いてみたが、恐ろしいほど軽く引ける。引っ張った弦をキープするのにも力はあまり必要ない。

加えて、全体的な軽量化と鋼よりも軽い合金を使用しているので驚くほど軽い。

実際に手に取ったウルカも「軽い！」と驚いていたくらいだ。

「そりゃ、他国の弓とは違《ちげ》えさ。なんたって、王国の魔導具開発技術を転用したモンだからな」

帝国や他の国でもコンパウンドボウは開発されているが、なんといっても王国式のものには魔物素材が使用されている。

製造過程にも魔導具開発から生まれた技術がふんだんに使われているため、他国にはマネできない高い技術力を用いた逸品だ。

「弦や矢も魔物素材が使われているぜ。もう王国じゃこれが普通さ」

武器や防具に魔物素材が使われる事は、王国にとって数年前から当たり前になりつつある。

俺の使っている剣も魔物素材を組み合わせた合金が使われているし、ノーマルな鉄製・革製の防具にだって魔物素材から作った薬液が最低限は塗られていると前に話を聞かされたっけ。

「魔物素材の研究成果は最新式の魔導兵器や魔導具開発に使われるが、王都研究所が研究し終えた魔物素材は民間でも使えるよう認可が下りるんだ。まだまだ研究中の素材があるみてぇだし、そのうち今よりもっとスゲェのが作れるようになるかもな」

「へぇ～。いつかは魔導兵器みたいな武器が標準になるのかね？」

俺がそう問うと、おやっさんは首を振る。

「いや、それはねえな。魔導兵器ってのは王国騎士団の虎の子だ。ここにある武器も魔導兵器もどきみてえなもんだが、魔導兵器は民間で使われる事はないだろうな」まぁ、ダンジョンで通用しなくなったら認可されるかもしれんがね、とおやっさんは付け加えた。

「どうして魔導兵器は民間に使用許可が下りないんでしょう？」

ウルカが首を傾げると、おやっさんは腕を組みながら語る。

「そりゃ、魔導兵器の肝である魔導効果が現状最強だからさ。単純な効果で言えば、どれだけ連続使用しても切れ味が落ちないものがある。他にも騎士団長クラスになると風の刃《やいば》を纏う剣まであるらしいぜ」

所謂、魔導兵器とは御伽噺に出てくる『魔法剣』のように、剣に魔法の力が付与されたようなものだ。

魔法剣とは厳密には違うのだが、魔法使いが使用する魔法の一部を技術的に再現して、剣や槍など既存の武器に機能として持たせる。それら魔導効果を魔石のエネルギーを用いて発動させる武器が魔導兵器と呼ばれている。

おやっさんが言ったように効果は様々だが、魔法に似た効果を武器に付与して振るえば、通常の武器よりも凄まじい効果が期待できるだろう。

特に俺は既に体験している事もあって、その威力はよく知っている。

だからこそ、騎士よりも絶対数の多いハンター達には与えられない。

「ああ、ハンターの暴動と反乱が起きても鎮圧できるようにですか」

「そういう事だ。平民に高性能な武器を振るわれちゃ、騎士団にも被害が出るからな。泥沼の戦争になっても面白くねえ」

王国とハンターが戦うなど笑えない。そうならないためにも、魔導兵器は王国と騎士団が所有しているのだろう。

「だが、さっきも言ったように、こいつらも魔導兵器もどきだ。魔法効果が付与されていないだけで一部の機構や構造は共通しているからな。魔導効果はないが、武器の性能としては一級品だぜ」

俺はウルカとおやっさんの会話を聞きながら確かにと頷いた。

俺が今使っている剣だって帝国のものとは段違いに性能が良い。もう帝国製の剣なんて使う気にならないくらいだ。

「っと、話が逸れちまった。お嬢ちゃん、弓の扱いに慣れてるならリカーブがいいんじゃねえか？」

そう言いながらも、おやっさんはウルカから帝国時代に使っていた弓の仕様を詳しく聞き取りする。

その結果、やはりコンパウンドボウではなくリカーブボウを推した。

まぁ、確かに最新式と言われていても使用者が使い慣れたものを選んだ方がいいだろう。そういう意味では、ウルカはリカーブの方が慣れるにも早そうだ。

リカーブボウも魔物素材を用いているらしく、最新式の弓と言えるだろう。単純に弓としての種類、仕様や仕掛けが違うといったところか。

「裏で試射もできるぜ」

魔導兵器について聞き終えたウルカは、棚にある弓に片っ端から触れていく。いくつかピックアップすると、店の裏で実際に矢を撃ち始めた。

どれが一番自分に合っているか、使用していて違和感がないかを確かめるのは重要だ。

試す事一時間程度。ウルカは納得いく弓を見つけたようだ。

「これにします」

選んだのは一部のパーツに黒鋼と呼ばれる合金を使ったリカーブボウだった。彼女曰く、一番スムーズに矢を番《つが》えられたらしい。

黒と青のパーツを組み合わせており、カラーリングもバランスが良くてカッコいい。

「矢筒と矢はどうする？」

「矢筒はこれで。矢も種類があるんですか？」

「ああ。フル合金製の矢もありゃ、木材使用のモンもある」

矢筒は二十本ほど矢が入る大きさのものをチョイスしたようだ。

次は矢で悩んでいるようだが、こちらも本当に種類が多い。

長さも違えば材質も違う。矢じりの形状だって違っているし、変わりものだと先端に矢じりではなく別のものを装着できる矢もあるそうだ。

実際、弓使いは獲物によって矢の種類を変えるものだ。そういった意味では剣を振るう俺よりも選択肢が多く、同時に難しいと言える。

「最初はスタンダードなものを使ったらどうだ？　しばらくは余裕のある狩場で試し撃ちや連携の確認をするつもりだし」

「分かりました」

言ったように、最初はウルカがダンジョンに慣れるよう上層で活動するつもりだ。慣れたら、お試しで十三階層へ行って一度戦ってみようと思う。それから矢を変えるのもアリだろう。

「これでいいか？　他に必要なモンは？」

「いえ、大丈夫です」

スタンダードな木材使用の矢の他にも、近接戦闘用のナイフと細々《こまごま》とした道具を揃えてウルカの武器選びは終了となる。おやっさんが金額を口にすると、俺は財布の中から紙幣を取り出してカウンターに置いた。

「先輩。私の武器ですし、自分で払いますよ？」

「いや、俺が出すよ。金には余裕があるんだ」

遠慮するウルカを手で制しつつ、支払いを終えると包まれた武器を持っておやっさんに別れを告げた。

店の外に出ると、空の色は茜色《あかねいろ》に変わり始めていた。

武器選びに熱中しすぎて昼を食うのも忘れてしまっていたな……。

彼女と過ごす時間が空腹も忘れるくらい楽しかったのもあるが、エスコートする側としては失敗だろう。

「すまない、ウルカ。すっかり熱中してしまったな。少し早いが夕飯を食べて宿に帰ろうか？」

「はい、そうしましょう」

ウルカに申し訳ないことをしてしまったな、と思っていたが、帰り道の足取りは軽そうに見える。

「えへへ」

「どうした？」

ニコニコと笑う彼女に顔を向けると、彼女は俺の腕を取りながら言ってくるのだ。

「先輩に買ってもらった弓で頑張りますね」

嬉しそうに言う彼女を見て、俺もつい笑ってしまう。

「そこそこでいいよ。騎士と違って、ハンターってのは自由なんだ。帝国にいた時よりも楽しい人生を送りたいしな」

無理はしない。安定した金を稼ぐ。それこそが、俺の目指すハンター生活だから。

彼女にも帝国騎士団時代には味わえなかった、自由で余裕ある生活を楽しんでもらえるといいが。

「そうですか。じゃあ、私も楽しみますよ。先輩の隣でね」

それを証明するように、俺達はちょっと高級な店で夕食と酒を楽しんでから宿に戻った。


宿に戻り、明日の狩りに備えてシャワーを浴びて寝ようと宣言した直後。どちらが先にシャワーを浴びるか問題で、俺は彼女に譲ったのだが……。

「ふぅ、やっぱりシャワーって良いですね」

ガチャッとシャワールームの扉を開けて出てきたウルカの恰好は、洋服店で買った例のアレだった。

しかも、しかもだ。ただ単に黒ビキニ姿を晒すのではない。その上に寝間着として献上したシャツを羽織るという上級者っぷりを見せたのである。

「ん？　ん？　ん～？」

どうですか、先輩。

そう言わんばかりにしっとりと濡《ぬ》れた髪を顔と首元に張り付けて、胸を押し上げるような恰好で俺の前でアピールしてくる。

「く……ッ！」

俺が視線を逸らすと、ウルカはまた視線の先に移動してきた。

「ん〜？」

俺のリアクションが面白かったのか、ウルカはニヤニヤと笑いながら俺の膝の上に乗っかってきた。

「ウ、ウルカさん？」

「なんですか？　先輩？」

今、俺の顔はどうなっているだろう？　ニヤケているか？　それともウブな子供のように顔が赤くなっているのだろうか？

「そ、その、俺達はまだ……」

「はい。それは理解していますよ？　私も待つと言いました」

しかし、彼女は俺の耳元に口を寄せて囁くのだ。

「でも、アピールしないとも言ってませんよね？」

色っぽい囁きに俺の脳は爆発寸前だ。脳内に潜む悪魔が「いっちまえよ〜！」と囁く。だが、同時に天使が「いけませんよ！　男女の関係は清らかに！　ちゃんと手順を踏むのです！」と諭すのだ。

悪魔と天使はメンチをきり合い、ついには乱闘を始めてしまう。

そんな中、俺は冷静な顔でウルカを膝からどけた。

「フッ。シャワーを浴びてくる」

俺はサササッと素早くシャワールームに入り、服を脱いでアツアツのシャワーを頭から浴びた。

「あああああああっ!!」

そして、叫んだ。隣の部屋に掛かる迷惑も考えず、魂の雄叫びを上げた。

耐えたのだ。

俺は耐えた。

根性なしとは言ってくれるな。

二十一・弓の腕前

ウルカの小悪魔的な挑発に勝利した翌日、俺達はさっそくダンジョンへ向かう事にした。

「ここでライセンスを提示してから入場だ」

「はい、分かりました」

ハンターとしても先輩である俺がしっかりと先導しなければ。そう思いながら入場手続きをするウルカを見守っていた。

ダンジョンに行くとあって、今日のウルカは昨日買ったばかりの服――白いシャツの上に胸当てを付けて、下半身はショートパンツにロングブーツと動きやすい恰好だ。

手には買ったばかりのグローブを装着しており、肩に弓を掛けている。腰には矢の入った矢筒を一つ。予備の矢筒は俺のリュックの中にある収納袋に収められているので、戦闘前に取り出す事を忘れないようにしなければ。

そんな彼女を見ていると今日は懐かしい気分になる。それは、長い金髪をポニーテールにしているからだろう。

「終わりました。行きましょう」

「ああ」

ポニーテールを揺らしながら戻ってきた彼女に頷いて、俺達はダンジョンの中に向かった。一階層、二階層の狩場には立ち寄らずに道中でさっくりと説明するだけ。

三階層の休憩地点について説明しながら階段を降ると、景色の変わり様にウルカは驚きの表情を浮かべていた。

「すごいですね。聞いていた通り、意味が分かりません」

俺も彼女の感想には同意してしまう。ダンジョンとは何度入っても不思議な場所だと思う。

「すごい人で溢れていますけど、いつもこんな感じなんですか?」

ウルカが気付いた通り、今日はいつも以上にダンジョン内へ足を運ぶハンターが多い。だからか、三階層には休憩中のハンター達が食事をしたり下層へ向かう準備をしたりと騒がしかった。

「なんでも、十四階層に普段は見られない魔物が出現したらしい」

酒場で聞いた『デュラハン』の件だ。報告されて以降、タロン達が言っていた通り、名声を求めるハンター達がこぞって十四階層を目指した。

ただ、出現したという報告はあれから聞いていない。報告者が見間違えたのか、それとも別の理由があるのか。それを証明するためにも、ハンター達が気合いを入れて調査しているとか。

特に力を入れているのは、十四階層の魔物を狩れる上位パーティーだ。ここらでいっちょ、有名なハンターパーティーとして名を売ろうと躍起になっているらしい。

他にも中堅組が臨時でパーティーを拡大させて十四階層へ向かっているとの話もあるが、無理をせず怪我にだけは気を付けてほしいものだ。

「俺はいつも十三階層で狩りをしていたんだが、通り道だし混んでいるだろう。この騒ぎが収まるまでは物足りないかもしれないが、ゆっくりやろうか」

「はい。分かりました」

三階層を抜けて、四階層、五階層と降りていく。途中、現れた魔物はウルカに倒させて、弓の調整と使用感を確かめた。

「どうだ？」

「弓は特に問題ありませんよ。ただ、問題は矢ですね」

倒した魔物を解体しつつ、放った矢の状態を確認していく。購入したのはスタンダードな木材使用の矢であるが、刺さった矢を抜こうとしたら半ばから折れてしまい、早くも一本はダメになってしまった。

「魔物って普通の動物より外皮が硬いですからね。あと、肉の奥に食い込んで矢じりが外れちゃいました」

引っこ抜いた矢の先がなくなっているのも一本あった。再利用するには難しいか。

「合金製に変えた方が良さそうか？」

「合金製もメンテナンスは必要ですが、長い目で見ると経費削減になるかもしれませんね」

合金製の矢であればそう簡単に折れたりはしないだろう。多少値は張るが、ウルカの言った通り長い目で見れば安い買い物となるかもしれない。

「もうちょっと速く動く魔物はいませんか？」

上層の魔物では満足できないか。まぁ、ここら辺に出現するのは無害な動物と変わらんような魔物ばかりだし、ウルカにとってはちょっとだけ動く的にしか思えないのだろう。

「じゃあ、次は十階層を目指すか。ブルーエイプという魔物が出現するが、そこそこ動きは速いぞ」

「はい。行ってみましょう」

そうして、俺達は十階層を目指した。先頭を進む間、チラリと後ろのウルカを見るがさすがにダンジョン内では彼女も集中しているようだ。

どこから魔物が飛び出してきてもいいように周囲を警戒する姿は帝国騎士団にいた頃と変わらな

い。あの頃と同じように、安心して背中を預けられる。

十階層に到達すると、やはりブルーエイプの狩場では中堅達の腕試しが繰り広げられていた。

階段やその付近に座るハンター達に挨拶すると——

「おう。アッシュさん……と」

「確かウルカさんだっけ？　本当にアッシュさんとパーティー組んでんだ」

声を掛けてきたのは先日の十三階層での騒ぎで一緒に青年を運んだ中堅ハンター達だ。彼らの傍にはあの時の青年達もいて、片腕を失くしたサミーの姿もあった。

青年達に会釈されて、俺は自然と笑みが浮かぶ。

彼らは今でも元気にハンターを続けていて、世話をしてくれる中堅ハンター達のパーティーに入ったらしい。サミーもそこでポーターとして頑張っているようだ。

「ああ。彼女は元職場の仲間でね」

「私は先輩と組むためにローズベル王国へ来たので当然です」

ふふん、と胸を張るウルカを見たハンター達は「お熱いね」と苦笑いを零していた。

「ところで、場所を借りてもいいかい？　狩った魔物の半分は皆に渡すから、彼女に腕試しをさせてほしいんだが」

待機中の彼らにそう提案すると「いいねぇ」と返事が返ってきた。タダで分け前を貰えるのもあるが、彼らもウルカの実力を見たいのだろう。

全員から了承を得られたので、俺はさっそくウルカに準備を促した。

「ウルカ、準備ができたら彼らと交代だ。カウントダウン後、彼らと位置を入れ替える。彼らと交戦中の魔物が残っていたら全て倒すんだ。倒したあと、森から魔物が飛び出してくるだろうから、それも一匹残らず仕留めるように」

「分かりました」

手順を説明したあと、俺は収納袋から追加の矢筒を取り出す。

「矢筒はどうする？」

「最初から持っておきます」

そう言って、彼女は二つ目の矢筒を腰に装着した。

「準備はいいぞ！」

「じゃあ、カウントダウンいくぞー！」

中年のハンターがカウントダウンを始めてくれて、終わると同時に交戦中のハンター達が後ろに飛び退いた。

対するウルカは素早く矢を番えて、後退してくるハンター達の間に矢を撃ち込む。放たれた矢とハンター達がすれ違って、一匹だけ残っていたブルーエイプの脳天に矢が刺さった。

狩り残しを処分したウルカはゆっくりと前進しながら再び矢を番える。新たに森から飛び出してきたブルーエイプの数は四匹だったが、飛び出してきた瞬間に一匹が始末された。

一瞬で残り三匹となるが、その三匹さえも森から数メートルも移動しないうちに全て狩られてしまう。

「おおー」

ウルカの速射と的確な射撃の精度に声を上げるハンター達。見守る俺も思わず頷いてしまった。腕は落ちていない……どころか、射撃速度が前よりも上がっている気がする。

「フッ！」

四匹を仕留めると、今度は五匹も姿を見せた。だが、どれだけ数がいようと彼女に到達できるブルーエイプはいない。

森から出現した順に狩られていく様は、少々魔物を憐《あわ》れに思ってしまうほどだ。

そうした攻撃が続き、遂に最初の矢筒がカラになった。

次の矢筒に手を伸ばし、残っていたブルーエイプを仕留めると、ウルカは素早く矢筒と繋がっていた紐の金具を外す。カラになった矢筒はストンと地面に落ちて、彼女の腰には二つ目の矢筒だけが残る。

その後も勢いは変わらない。二十、三十とブルーエイプの死体を量産していき……。

「おい、矢がなくなっちまったぞ！」

二つ目の矢筒もカラになってしまう。だが、彼女の目の前には二匹のブルーエイプが残っていた。

「近接戦闘切り替え！」

俺は帝国騎士団時代のようにウルカへ叫んだ。すると、彼女は弓を捨ててベルトのナイフホルダーからナイフを抜く。

逆手に持ったナイフを構えながらブルーエイプに飛び込んでいき、すれ違い様に一匹目の首を斬る。ブシュッと紫色の血が飛散する中、それを躱すようにくるりと体を回転させて、迫ってきていた二匹目の背後から首にナイフを刺し込む。

捻じるようにしながら首を破壊して、二匹目のブルーエイプを蹴り飛ばしてナイフを抜いた。

再び彼女はナイフを構えながら森へと体を向けるが――

「終わりだな」

もうブルーエイプは飛び出してこなかった。

「ふう」

俺の「終わり」という声を聞いた彼女は、大きく息を吐いてナイフに付着していた血を払ってからホルスターに仕舞う。

そして、近寄った俺に笑顔を向けてきた。

「どうでしたか？」

「前より動きが良くなっているな」

「えへへ。やった」

褒めてやると嬉しそうに笑う。騎士団時代と変わらぬやり取りに、俺も表情が緩んでしまった。

「さて、死体を解体するか」

「はい！」

振り返ると、見守っていたハンター達は口を開けて固まっていた。

「こりゃあ、たまげた」

「や、やっぱり、アッシュさんの女だわ……」

「姉ちゃんもアッシュさんと同じくらい強いのかよ！」

口々に漏れる感想を聞き、俺は純粋に嬉しかった。

帝国じゃこんなに称賛はされない。魔物の氾濫を阻止した時もそうだ。お情け程度で俺は準貴族となったが、共に戦った仲間達には称賛などなかった。死んだ仲間にさえ言葉はなかった。

だが、ここでは違うんだ。

俺はウルカに顔を向けて笑いかけた。そして、彼女の背中をポンと叩きながらハンター達に言ってやるのだ。

「自慢の後輩なんでね」

二十二・　デュラハン事件

ブルーエイプでの腕試しを終えると、俺達は早々に地上へ戻った。

持ち帰った素材を協会で精算したあと、久々に戦闘したであろうウルカに少し休憩しようと提案。南区にあるカフェでコーヒーやらデザートを楽しんでから、おやっさんの武器屋へと向かった。

「おう、どうだった？」

実際にダンジョンで弓と矢を試す事を知っていたおやっさんは、入店してきた俺達の顔を見るなりそう言った。

「やっぱり、合金製にするよ」

「そうかい。何本用意する？」

「とりあえず、四十本お願いします」

俺達の注文を聞くと、おやっさんは店の奥へと引っ込んだ。奥から戻ってきた時には麻袋に入った金属矢を抱えていて、それを店のカウンターで広げていく。

ウルカが一本ずつ矢の状態を確認して、問題なしと言えば代金支払いとなるのだが……。

「あ、そうだ。追加で炸裂矢《さくれつ》も欲しいです。五本下さい」

炸裂矢とは矢じり部分に火薬玉が備わった矢だ。魔物と接触すると爆発してダメージを与える。ただ、爆発したら矢も損傷してしまうので再利用できない。

恐らく、切り札として使う気なのだろう。

合金製の矢と炸裂矢の総額は六万ローズちょっと。今日稼いだ分の金を全て使ってしまったが必要経費だ。

「このあと、どうしますか？」

店を出たあと、横を歩くウルカにそう問われた。

上を見ればまだ空は青色だ。時間にして午後の四時頃。まだダンジョンで活動できなくもないが、どうにも中途半端な時間である。

「今日は終わるか。明日もまた矢の試射をしよう」

「はい。分かりました」

どうせデュラハン騒ぎが収まるまではまともに活動できない。

ダンジョンから帰還後、改めて協会に状況を問い合わせてみたが上位のパーティーが挙《こぞ》って十四階層へ潜っているようだ。あと数日もすれば落ち着くだろう。

「夕食にはまだ早いな。何かしたい事、あるか？」

夕食まで時間を潰そうとウルカへ問いかけたタイミングで――

「アッシュさん！」

背後から大声で名を呼ばれた。

俺とウルカが揃って後ろを振り返ると、青年が肩で息をしながら追いかけてくる姿があった。

「どうした？」

「はぁはぁ……。きょ、協会の職員や先輩に、呼んでこいって！」

俺を探すために街中を走り回っていたのだろうか。青年は顔に汗を浮かべながら、荒い息を吐き出しつつも用件を口にする。

「協会に？」

「は、はい。ちょっと、マズイ事になりました」

協会か、もしくはダンジョン内で何か問題が起きたらしい。タイミングから考えるにデュラハンの件か。

「とにかく行ってみよう」

「はい」

ウルカと顔を見合わせたあと、俺達は大急ぎで協会へ向かった。

◇　◇

協会に到着すると、中にたむろするハンター達は小さな声で何かを囁き合っていた。氾濫が起きた時のような緊迫した状態というよりも、皆揃って困惑しているといった雰囲気が漂っている。

「おーい、呼んでいたと聞いてきたんだが」

「アッシュさん！　こっち！」

カウンターまで行って職員に声を掛けると、協会右手奥にある個室前でメイさんが手を振りながら俺を呼んだ。そちらに向かうと、俺達は個室の中へと通された。

個室の中では、毛布を身に纏いながら震える女性ハンターが椅子に座っている。そして、彼女を囲むようにして立つ数人のハンター達の姿もあった。

「どうしたんだ？」

震える女性は見た事がある。確か上位パーティーの一員だったはずだ。普段は十六階層で狩りをしているパーティーで、パーティーに加入しないかと誘われた事もあった。

そんな協会屈指の女性ハンターが、ガタガタと歯を鳴らしながら全身を震わせているのだ。彼女の仲間の姿も見えず、それが余計に嫌な予感がした。

「アッシュさん、例のデュラハンだ」

壁に寄り掛かりながら腕を組んでいた男性ハンターがそう言った。やはり、と俺が内心で呟いていると、デュラハンの名を聞いた女性ハンターはビクリと肩を跳ねさせた。

「ちょっと外で話そう」

恐らくはあの女性に気を使ったのだろう。俺とウルカは男性ハンターの後に続き、個室の外で事情を聞く事になった。

「例のデュラハンが十四階層に出現してな。彼女のパーティーともう一組が挑んだんだが……彼女を残して他は全滅した」

「はぁッ!?」

正直、信じられなかった。

デュラハン狩りに向かったパーティーはどれも四人から五人で構成された上位パーティーだ。

普段から十四階層よりも下で狩りをしていて、何も問題なく魔物を狩れるほどの実力者が揃っていると聞いていたが。

「十人もいて全滅したのか!?」

「ああ。彼女は仲間に逃げろと言われたらしい。途中、俺達が拾ったんだが……」

次々と仲間達が殺されていく瞬間を目撃したからか、彼らと出会った時には恐慌状態に陥っていたらしい。

「一体、どういう魔物なんだ？」

「彼女の話によると……。噂通り、黒い鎧を着た首なしの騎士。燃える両手剣を振り回して仲間を一刀両断、だとよ」

男性ハンターは苦々しい表情を浮かべながら内容を口にした。

「燃える両手剣？」

以前、タロンに外見の情報は少しだけ聞かされていたが、武器の情報は初耳だ。

「ああ。炎を纏う剣だったらしい。両断された人間は焼けちまったとか言っていたが……」

体を斬られた上に燃やされるとは……悲惨すぎる。それを目撃したのであれば、彼女があああなるのも頷ける。

「その時に潜ってた他のパーティーも一旦引き上げてきたくらいだ。デュラハンの野郎、相当ヤバイぜ」

男性ハンターの眉間に皺が寄る。どうやらデュラハンは思っていた以上に厄介そうだ。これは討伐まで長引くかもしれないな。

「そこで、アッシュさん達にはパーティーの死体回収をお願いしたいんです」

カウンター奥にある事務室から出てきたメイさんが会話に入ってきた。いつも以上に真剣な表情をした彼女は言葉を続ける。

「初めて見る未知の魔物ですが、今回の件から考えるに十四階層相当の魔物とは言い難いでしょう。デュラハンのデータを集めるためにも死亡したハンター達の死体を回収します」

これはデュラハンのようなネームドが出現した際に設けられた規則に則《のっと》った行動だ。未知の魔物を討伐するためにも、死体を調べて魔物の特性や攻撃方法を探るらしい。

「ですが、相手は上位パーティーを壊滅させるほどの力を持っています。死体回収にも実力者が必要です。協会の回収人と共に向かってくれませんか？」

死体回収人とは協会の職員で構成された者達だが、その正体は引退した元ハンターだ。

過去の経験や判断力をもってダンジョン内に残った死体を回収する任務を行っているのだが、今回は彼らだけでは厳しいと判断された。

そこで、俺達の出番というわけだ。

俺とウルカ、他のハンター達を死体回収人達と共に十四階層へ向かわせて、上位パーティーの死体を回収・帰還が今回の任務となる。

「無理はしないで下さい。できる範囲で回収できればいいです。デュラハンに遭遇したら即撤退して下さい」

たとえ、一つも死体が回収できなかったとしても撤退が最優先とされた。

「分かった。ウルカもいいか？」

「はい」

俺達が了承したのを聞いて、メイさんは「よかった」と大きく息を吐いた。

「もうすぐ回収人の準備が調いますので、アッシュさん達も準備しておいて下さい」

「ああ」

こうして俺達は五人一組のパーティーと三人の回収人と共にダンジョンへ向かう事になった。

二十三・　黒き騎士は何を思う

俺達と共にダンジョンへ潜るのは、五人の男性で構成されたパーティーが一組。

日頃から十三階層で狩りをしているパーティーで、ウルカと組む前から何度も顔を合わせていたベテラン達だ。

彼らの戦闘を見た事があるが堅実な戦い方をする。万が一の際も頼りになる人達だ。

一方、同行する三人の死体回収人達は五十から六十歳くらいの男性達であった。

歳を感じさせる白髪と顔の皺。だが、体は普段から鍛えているのか、シャツから露出する腕にはたくましい筋肉がついていた。顔や体には傷跡が残っていて、元ハンターである事やこの歳まで生き残ってきた実力を感じさせる。

彼らの背中にはリュックが背負われていて、リュックの両サイドにはいくつもフックが取り付けられていた。リュックの中身は死体回収に使うロープや布が入っているのだとか。

しかし、十人分の死体を回収できたとしても、三人で運ぶとなると人手が足りないように思える。そう考えながら回収人達の装備を眺めていると、回収人の一人が口を開いた。

「死体を布で包んだら、ロープとフックで背中に括りつけて背負うのさ」

どうやらリュックに掛かっているフックは死体を背負う時の補助として使うらしい。一人三体以上も担いで大変じゃないか、とも思ったが、そこはハンター達も手伝ってくれるようだ。

「だから、アッシュさんと姉ちゃんは魔物担当で頼むぜ」

「ああ、分かったよ」

ハンター達の提案を聞き入れて、俺達は下層へと進んでいく。

十三階層に到達した俺達は、俺が先頭、次にウルカが並び真ん中にハンター達、最後方に回収人達を配置して進み始めた。

「骨戦士、二体だ！」

十三階層を進めば当然ながら魔物が現れる。骨戦士達はカタカタと骨を鳴らし、手にはボロ剣を握り締めていた。

「今回は死体回収が優先だ！　魔石を砕いて進んじまおう！」

「了解だ！」

出発前に協会が説明してくれた話だと、十四階層までの遠征費用と回収協力に対する報酬は協会から支払われる。だから、素材を回収しなくても損にはならない。

今回はスピード優先というわけだ。

「ウルカ！　あの光っている魔石を撃ち抜けるか!?」

「任せて下さい！」

買ったばかりの合金矢を番えたウルカは、骨戦士の胸にある魔石目掛けて矢を放つ。矢は骨戦士の脆い肋骨を砕き、中に浮かぶ魔石をも撃ち砕いた。

一体目を倒すと、続けて二射目を放つ。二射目も同じく骨と魔石を砕いて、二体の骨戦士をあっという間に討伐してみせた。

「ヒュウ！　すげえ腕前だ！」

ウルカの射撃を初めて見たハンターが称賛の声を上げた。だが、彼女はその声には応えず、俺を先に促して矢の回収を優先させていた。

「どうだ？」

「壊れていないですね。良い買い物をしました」

魔物素材で作られた合金の矢は骨と魔石を砕いた程度では破損しないらしい。メンテナンスすれば長く使えそうだと嬉しそうにウルカが笑う。

「十三階層の魔物はウルカが倒してみるか？」

「そうですね。同じ矢を使って耐久性を試したいです」

少し不謹慎かもしれないが、十三階層の魔物で購入した合金矢の試し撃ちを繰り返す事にした。

ただ、ウルカの腕前ならば時間が掛かる事もない。

遭遇した魔物をウルカに倒させながら進み、十三階層中盤に差し掛かったところで――ガシャ、ガシャ、ガシャ……と甲冑《かっちゅう》を揺らしながら歩くような音が通路の奥から聞こえてきた。

俺は黙ったまま、後ろに続く仲間達へ「停止」のハンドサインを掲げる。

「…………」

黙って奥の道を睨み続けると、奥の壁に掛かったランタンがカタリと揺れた。次の瞬間、俺の視界に映ったのは首のない黒鎧を着た騎士の姿。

右手には両手剣を握っていて、更には周囲に骨戦士を帯同させながらこちらに向かってくるではないか。

「マズイ！　撤退！」

俺は瞬時に撤退の判断を下す。まさか、十四階層にいるはずのデュラハンが十三階層にいるなんて。完全に想定外だ。

俺の声に反応したハンター達と回収人達は慌てる事なく後方へ走り始め、俺はウルカと共に彼らの後を追う。走り出した瞬間、後方を振り返ると……。

「追ってこない？」

確実に捕捉されたはずだが、デュラハンと骨戦士はその場に立ち尽くしていた。まるで俺達を見送るようにジッとしている。

俺は走る速度を緩め、足を止めた。そのままデュラハンの方向へ体を向けて対峙する。

すると、デュラハンは剣先を俺へと向けてきた。

瞬間、剣の先から例の炎にまつわる魔法でも飛んでくるのかと身構えたが、デュラハンはジッと俺に剣先を向けるだけ。

やがて、デュラハンは剣を下ろすと剣先を地面に突き刺し、柄頭の上へ両手を重ねるように置く。

まるで、この先は通さないと言わんばかりの態度だ。帯同する骨戦士もデュラハンの周囲で停止して動かない。

「…………」

いや、もしかして、俺を待っているのか？　俺が剣を抜くのを待っているのだろうか？

お互いに剣を抜いて、構えて――それが戦いの合図であると言っているような。騎士と騎士の戦いを望んでいるような態度にも見える。

その考えがよぎった瞬間、俺の体はぶるりと震えた。恐怖からじゃない。挑んでみたいという好奇心からだ。元騎士として、あの騎士との戦いを切望し心震わせる自分がいた。

いや、それも違うか。

俺は単純に目の前にいる強敵と戦ってみたいだけだ。

これまで自由で安定した生活を望み、金に不自由しない生活を望んできた。だが、どこかで物足りさを感じていたのかもしれない。

擦り切れるような緊張感の中で剣を振るい、一撃食らえば終わってしまうようなスリルを掻《か》い潜《くぐ》って、強敵を倒したという充実感に身を浸らせたい。

しかし――

そう自覚した瞬間、俺の手は自然と腰の剣に伸びていた。

「先輩！」

「……ああ」

立ち止まっている俺に気付いたウルカの呼び声で我に返る。触れそうになっていた剣のグリップから手を離し、デュラハンに視線を向けたまま入り口へと走り出した。

「先輩、顔」

ウルカに追いついたあと、一言だけ言われた。

俺は自身の顔を触って……その時、初めて自分が笑っている事に気付いた。

◇　◇

死体を回収できないまま、地上へと戻った俺達は協会へ状況を説明。黙って報告を聞くメイさんは重々しく頷き、しばし考えたあとに判断を下した。

「分かりました。残念ですが死体の回収は諦めましょう」

十三階層まで上がってきた事、道を封鎖するように動かない事。どう考えてもデュラハンを倒さねば十四階層には進めない。

「良いのかい？」

俺が問うと、彼女は静かに首を振る。

「いえ、このまま居座られても困りますよ。下層で氾濫の予兆があっても確認できませんし、氾濫が起きたら一緒に地上まで上がってくるかもしれませんし」

故に死体は回収できずとも、デュラハン討伐の目標は変えない。このままハンターに挑ませ続け、誰かがデュラハンを狩るまで協会は通常営業だ。

「最悪の場合は騎士団に要請しますが、まだ要請できる状況ではありませんね」

骨戦士を引き連れて上の階まで止まらず侵攻を続けている、となれば氾濫と判断されて騎士団に即通報だ。

しかし、たった一階層上に来ただけで、更には道を塞ぐように待機している状態では氾濫とは言えない。

さすがに数ヵ月も居座って、全ての上位パーティーでも討伐が困難とされれば話は別だが、まだデュラハンが発見されてから数日だ。

協会の戦力で解決できないか試す必要がまだあると彼女は言った。

「アッシュさん、狩りますか？」

メイさんにそう問われたが、俺は即決できなかった。

だって、今の俺は一人じゃない。

ダンジョンでウルカに表情を指摘され、帰り道で冷静になって考えた結果だ。突っ走るのならば、それなりの準備と話し合いは必要になる。

「いや、まだ返事はできない」

曖昧な返事を返すと、メイさんは「そうですか」と苦笑いを浮かべる。そして、隣にいたウルカに服の袖をちょこんと摘まれた。

「今日はありがとうございました。報酬を支払いますね」

俺達はカウンターで協力金を受け取って解散となった。

協会を後にしてもまだ服の袖を摘んでいるウルカに顔を向ける。

「飯は宿の食堂でいいか？　食い終わったら話したい事がある」

「はい」

星が輝く下、俺達は並んで宿へと戻った。

二十四・　先輩想いの後輩

宿の食堂で食事を終えた俺達は、部屋に戻って食後の休憩を取っていた。

ウルカが先にシャワーで汗を流している最中、俺は酒を片手にタバコを吸いながらこのあとに行われる話し合いについて考えていた。

ウィスキーのグラスを軽く回しながらタバコの煙を吐き出していると、シャワー室の方からドアが開く音が聞こえた。

「先輩、お待たせしました」

「ああ」

顔を向ければ、まだ髪が少し濡れた状態のウルカがシャツと下着一枚の姿で立っている。

もう少し恥じらいを持った方が……いや、今更か。

ウルカは白いタオルで髪を拭きながらベッドに腰掛け、自分の隣をポンポンと無言で叩いた。こっちに来いということか。

タバコを灰皿で揉み消すと、彼女の望む通りに隣へ腰を下ろす。そうして、俺達の話し合いは始まった。

「ウルカ。俺はあのデュラハンと戦いたい」

俺はもう自覚してしまったんだ。あのデュラハンと戦いたいという気持ちを。

だが、相手は強敵だ。

普段からダンジョンの下層で活動するハンター達が束になっても勝てない相手。それに挑むということは、万が一もあり得る。

俺一人でなら問題ない。挑んで死のうが俺の自業自得だ。

しかし、今はウルカと組んでいる。

騎士団の時であればまだしも、今は全てが自己責任のハンターなのだ。勝てるかどうか分からない戦いに、彼女を俺のワガママで巻き込むのは避けたかった。

だからこそ、話し合っておく必要がある。

「これは俺のワガママだ。君まで付き合う必要はない。だから、もし俺が死んだ時は――」

「何言っているんですか？」

話している途中、ウルカに両頬を片手で掴まれた。俺の口はタコさん状態である。

「ひゃにするんひゃ」

「それはこっちのセリフですよ。どうして先輩はいつもこうなるかなぁ。帝国で氾濫が起きた時も同じ事言っていましたよね？」

ウルカは困った表情を浮かべながら、ため息を一つ吐き出す。

「ああ……」

言われて気付いた。帝国騎士団に所属していた時、魔物の氾濫が起きた時も仲間達へ同じ事を言っていた気がする。

あの時も、俺を含めた十人で……。たった十人で魔物の群れから村を守らなければならない、生き残れるかどうかも分からない状況だった。

だからこそ、仲間達に「付き合わなくてもいい」と口にした。

しかし、誰一人として逃げなかった。その中にいたウルカは一番最初に「付き合う」と言ってくれたっけ。

「馬鹿ですねー。先輩は死にませんよ。あんな騎士もどきの魔物に負けるはずがありません」

今度は俺の両頬を軽く引っ張りながら、クスクスと笑う。

「あの時も死ななかったじゃないですか。だから今回も死にません。それに私が付き合わないとでも思っているんですか？　そう思っていたなら心外です。傷付きました」

ムニムニと俺の頬で遊びながら、彼女はわざとらしく眉間に皺を寄せた。

「だ、だがな。あの時犠牲になってしまったヤツらもいた――」

「ええ。死んでしまった先輩方もいます。ですが、皆納得した上で戦ったんですよ。死んでしまった人も、生き残った私も、皆覚悟して戦いました。だから、あれは先輩のせいじゃありません」

俺の頬で遊ぶ手を止めると、彼女は俺の頭を胸元に抱き寄せる。むにゅりと柔らかい感触を感じながらも、俺の頭部はガッシリとホールドされてしまった。

「それにね、言ったじゃないですか。私はずっと傍にいるって。だから、どれだけ強い魔物と戦おうとも、私は先輩の傍で一緒に戦います」

頭を撫でられ、まるで子供のような扱いだ。

この状態から逃れようとすると、即座にホールドされてまた胸元に引き寄せられてしまう……。

「いいのか？　本当に危ないぞ。今回ばかりは命を落としてしまうかもしれない」

「大丈夫ですよ。先輩は負けませんから」

その根拠はどこから生まれるのだろうか。

しかし、クスッと笑い声を漏らした彼女は――

「もし、先輩が死んじゃったら私も一緒に死んであげます。すぐに後を追うので待ってて下さい。天国まで腕を組みながら行きましょうね？」

なんて、とんでもない事を言い出すのだ。

だが、有難いと思ってしまった。

ここまで信頼してくれて、危険な戦いに付き合ってくれて、しかも一緒に死んでやるとまで言ってくれる女性なんて他にいないだろう。

「ありがとう、ウルカ」

ここまで言われては負けるわけにはいかない。

彼女と腕を組んで街を歩くのはいいが、天国まで歩いていくにはまだ早いからな。

「ふふ」

俺が感謝を告げて体から力を抜くと、彼女は俺の髪をくしゃくしゃと撫で回してくる。

「というか、もしも先輩が死んじゃって、私が残された時どうしようと思っていたんですか？」

「え？　そりゃあ……。俺が持っている金を全て渡そうと思っていたよ。銀行口座を教えて、これで生活してくれと言うつもりだった」

考えていた事を告げると、彼女は声を上げて笑う。

「なんだかそれって、夫に先立たれた奥さんみたい！　私は未亡人になっちゃうんですか？」

俺が「結婚はしていないが……」と小さく漏らすも、彼女はブチ上がったテンションのまま俺の頭部を強く抱きしめる。

「未亡人になっちゃうより、勝ったあとの事を相談したいです。そっちの方が楽しいじゃないですか」

そう言いながら、今度は俺の頭を膝に載せた。

確かに彼女の言う通りだ。死んだ時の話をするよりもよっぽどいい。

「討伐したらきっと報酬が出る。高級店にでも飯を食いに行くか」

彼女のふともも を枕にしながら言うと「うーん」と悩む声が聞こえてくる。

「美味しいご飯もいいですけど、終わったらご褒美が欲しいです」

「ご褒美？」

「はい」

何を要求されるのかは分からないが、もう断れるような雰囲気じゃない。俺が「分かった」と言って体を起こすと、彼女は俺に向かって今日一番の笑顔を向けてくるのだ。

「言質、取りましたからね？」

俺は早まってしまっただろうか？

二十五・　対デュラハン

翌日、俺達はデュラハンの情報を元に対策を立てようと動き出した。

向かった先は行きつけの武器屋だ。相手は炎を纏う両手剣を振るうとの話であるし、炎対策は施しておくべきだろう。

その件をおやっさんに伝えると、彼は太い腕を組みながら唸《うな》る。

「炎対策か……。噂じゃ、剣やら大剣やらを炎の剣でぶった斬るって話だよな」

デュラハンの振るう炎の剣は鉄や鋼の剣を容易く両断してしまうとか。鍔迫り合いになった瞬間、こちらの剣は熱で溶かされながらも切断されると考えておいていいだろう。

となれば、最低でも鍔迫り合いできる耐久力を持った剣が欲しくなる。

「お前の持ってる合金製の剣は、ある程度熱に耐えられると思うが」

「だが、上位パーティーのハンター達がやられたんだ。彼らも合金製の剣や槍を持っていたんだろう？」

地下深くまで潜って稼ぐハンター達が良い武器を持っていなかったとは思えない。俺と同じ合金製の剣か、それよりも上質なものを持っていてもおかしくはない話だ。

「だが、それ以上に耐久性のある剣はないぜ。それこそ、魔導兵器以外じゃ太刀打ちできねえんじゃねえか？」

魔導兵器の魔導機能ならば、耐熱性を上昇させるものもあるらしい。だが、そんなものは騎士団くらいしか持っていない。

現状でデュラハンの対策を取るとするならば……。

「鍔迫り合いは禁止か」

炎の剣を振るわれ、鍔迫り合いになれば剣が壊れる。ならば、その状況に持ち込まなければいい。

斬っては避け、斬っては避けのヒットアンドアウェイ。己の足を使って一撃離脱を繰り返し、スピードで相手を仕留めるしかないのだろうか。

「実際、やれんのか？　大人しく騎士団に任せた方がよくねえか？」

おやっさんは眉を顰《ひそ》めながらそう言うが、俺は首を振った。もう腹は括っているんだ。

「いや、俺が倒すよ」

無謀にも聞こえる挑戦宣言。しかし、おやっさんは俺の表情を見て大きくため息を漏らした。

「ハンターってのは、どいつもこいつもアホ揃いだが……。おめえも変わらねえな」

「ははは……」

何も言い返せないのが悲しい。デュラハンに殺されたハンター達だって、きっと俺と同じだったはずだ。

デュラハンを倒して名誉を手に入れたい。報酬が欲しい。人によって動機はそれぞれあるかもしれないが、根底には強敵に挑みたいという気持ちがあったはず。

だが、結果的に彼らは敗れて死んだ。

俺だってそうなるかもしれない。でも、挑まずにはいられない。

何故なら一目見た瞬間にデュラハンを強敵と認識してしまったから。あれを倒せるかどうか、自分の実力を試したくて仕方がない。

「チッ。アッシュ、おめえ、盾は嫌いなんだよな？」

「ああ。あんまり好きじゃない」

どうも盾を構えて待つスタイルは自分向きじゃない。何と言えばよいか……どうにも盾を持つと攻撃への積極性が失われてしまう。盾で防御しなきゃという気持ちが強くなってしまうと言えばいいだろうか。

俺はどっちかというと、自ら仕掛けていく戦い方が性に合っていると思うんだがな。

「んじゃあ、どうしようもねえよ！　予備の剣をたくさん用意して、ぶっ壊れたら交換しながら戦うしかねえんじゃねえか？」

「ああ、なるほど。その手もあるか」

事前に複数の剣を用意しておき、壊れたら交換する。交換のタイミングはウルカに作ってもらえばいい。

……アリな気がしてきたな。

「おやっさん。剣を十本くれ。あと炸裂矢も十本」

「ああ、そういう事ですね」

俺が炸裂矢を注文した時点で、ウルカは俺が思いついた作戦に気付いたようだ。

「……マジでやるのかよ」

おやっさんは呆《あき》れるように言いながらも、剣の在庫を持ってきてくれた。

今使っているものと同じ材質と形の剣を十本、炸裂矢を十本購入して収納袋へ収めた。代金は高かったが必要経費だ。

「おい、アッシュ」

店を後にしようとすると、おやっさんに声を掛けられた。振り返れば太い腕を組んだまま、眉間に皺を寄せるおやっさんの視線とぶつかった。

「死ぬんじゃねえぞ」

「ああ」

俺は短く返事して、店を後にした。

「もう向かいますか？」

「ウルカが良ければ」

「私は大丈夫ですよ」

店の前でやり取りを交わし、俺達はダンジョンのある鉄門を目指して歩き出す。

途中、協会の前を通ったのだが、中はまた騒がしくなっていた。

「何かあったんでしょうか？」

協会に立ち寄る事にして、スイングドアを押して中へ入る。すると、協会の床には血の跡があった。血の跡は個室へと続いていて、どうやら怪我人が運び込まれたらしい。

「何かあったのか？」

入り口付近にいたハンターへ問うと、彼は頷いて口を開く。

「またデュラハンに挑んだ上位パーティーがやられた。今度は二人戻ってきたが、一人は肩から先がなくなってたよ」

「そうか……」

まだデュラハンは健在らしい。それを確認して、俺はウルカに「行こう」と告げた。

ダンジョンの入場手続きをして、俺達はダンジョン内に進入。二人とも無言のまま十三階層まで進んだ。

十三階層に続く階段を降りていくと、階段の入り口には数人のハンター達が壁に寄り掛かりながら立っていた。

「おう、アッシュさん」

その中の一人に声を掛けられ、俺が何をしているのか問う。

「見張りっつーか……。デュラハンに挑んだパーティーが戻るかどうかの確認ってやつだな」

彼らは協会から十三階層の監視と挑戦者たるハンター達が戻るかどうかを調べているそうだ。

ほぼ封鎖状態となった下層の魔物が氾濫しないか、十三階層で異変が起きないかの監視に加えて、デュラハン討伐に向かったパーティーや人数の記録と戻ってきた人数の確認をしているとか。

「最悪の仕事だぜ。今日は十人ほど向かったが、戻ってきたのは二人だけだ」

恐らく戻ってきたというのは協会に運ばれた二人だろう。戻らない残り八人は死んだというわけだ。

「アッシュさんは？」

「俺か？　俺は挑みに来たのさ」

俺は十三階層の奥を顎で指しながら言った。それを聞いた彼らは眉間に皺を寄せながら首を振る。

「止めといた方がいいんじゃねえか？　さすがに今回ばかりは騎士団の出番だと思うぜ？」

おやっさんと同じ事を言われた。

だが、挑んだ上位のハンター達が次々に死んでいるのだ。彼らとおやっさんの言い分は尤《もっと》もかもしれない。だが、それでも俺は首を振った。

「倒してみせるさ」

ハッキリと宣言してやると、ハンター達はきょとんと固まる。そのあとで「馬鹿だな」とか「死んじまうぜ」などと意見が飛んでくる。

「やってみないと分からないじゃないか」

「まぁ、そうだがよ。……死ぬなよ」

そう言葉を交わしたあと、ハンター達に別れを告げて奥へと向かった。

十三階層の丁度真ん中くらい、十三階層の丁度真ん中くらい。

相変わらず、ヤツはそこに立っていた。剣を地面に突き刺して、柄頭の上に両手を重ねながら。

周囲には骨戦士も帯同しているが、前に見た時より数が減っている。だが、その代わりにデュラハンの周囲にはハンター達の死体が転がっていた。

彼らの死体は両断され、そして焼け焦げている。なるほど、炎の剣を振るった証拠か。

「…………」

デュラハンに対し、俺は真っ直ぐに対峙した。距離はあるが、明らかに相手は俺を捕捉しているだろう。

だが、反応はない。

俺はリュックを下ろし、中から収納袋を取り出した。中から剣を取り出すと、デュラハンの肩がピクリと反応する。

やはり、敵意や戦闘の意思を向けると反応を示すのか。

しかし、反応しただけでまだ剣を構えたりはしていない。実際にこちらが剣を構えて対峙するか、もしくは斬りかかるまでは戦闘態勢を取らないのかもしれないな。

推測が正しいかは不明だが、俺は急いで十本の剣を取り出して壁に立て掛けていき、内一本はすぐ抜ける予備の剣として腰のベルトに括りつける。

「ウルカ、いいか？」

「はい」

ウルカに問うたあと、俺はデュラハンに向かって歩き出した。

途中、俺がいつも使っている剣を鞘から抜くと――デュラハンは遂に剣を構えた。そのタイミングで俺は足を止める。

「さぁ、やろうか」

俺は剣の先を黒き鎧の騎士へと向けて宣言した。

二十六・　元騎士と騎士　一

「さぁ、やろうか」

剣先をデュラハンに向けながら言うと、デュラハンは両手剣を構えた。しっかりと両手で握り、俺と同じように剣先を向けてくる。

意外だったのは帯同する骨戦士が向かってこないところだ。しばしデュラハンと睨み合いを続けるが、それでも動く気配がない。

「…………」

デュラハン自体も動かず、剣を構えたまま俺を待っているようだった。

しかし、この構えが気になる。どう見ても魔物のものとは思えない。

いや、外見が首なし騎士とあって魔物としか言えないのだが、デュラハンの構えはどう見ても流派、もしくは型と呼ばれるような剣術の基礎に沿ったものとしか思えない。

加えて、剣に炎がない。あれだけ炎の剣がと言われていたが、デュラハンの握る剣は金属製の両手剣のままだ。

——試してみるか。

俺はジリジリと摺《す》り足《あし》で間合いを少し詰めて、自分の得意とする距離を計る。

俺が徐々に近づく度にデュラハンは剣先を揺らしているが……。

「フッ！」

俺は一足で相手の間合いに飛び込んだ。

剣の長さからして、相手の方が有利だ。本来であれば俺の間合いまで入り込む必要があるが、深く踏み込まずに手前でブレーキを掛ける。

すると、デュラハンは俺の飛び込みに反応した。剣を上段に振り上げ、叩き落とすように剣を振るう。

「ッと！」

俺は相手の剣を振り払うように横へ弾く。いや、弾いてしまったと言うべきか。

振り下ろされた剣と接触した瞬間、炎の剣が発動してこちらの剣を切断してくるかと予想していたが、剣と剣が接触した感じは金属同士が当たったような感覚だった。引っ掛かりも、一方的に溶かされるような感覚もない。

疑問を頭の中で広げていると、振り払った相手の剣が下から掬い上げるように迫ってきた。

これも受け止める。受け止められた。

もう一度弾き、三度目の攻撃は逃げずに鍔迫り合いを試みるが、やはり相手の剣に『炎』という要素はない。どう考えても普通の両手剣だ。

俺は剣を弾き、一度バックステップで距離を取った。

再び剣先を向け合いながら、お互いの距離を計る。

「……油断はできないな」

今はただの剣かもしれない。

だが、いつか炎を纏うかもしれないのだ。それは追い詰められた時なのか、それとも決め手として使ってくるのか。

頭の片隅にその時の対処法を置いておくべきだ。

「先輩」

「待て」

背後のウルカが俺に声を掛けてきた。恐らくは弓で攻撃して、隙を作るかという提案だろう。だが、俺は待ったをかける。

彼女に指示を出したあと、再び俺はデュラハンへと仕掛けた。

今度は先ほどのように手前で停まったりはしない。懐に飛び込んで、胴に突きを見舞う……が、相手の反応も早かった。

相手は剣の腹を盾にして、俺の突きを受け止める。

なんて芸が細かい！　受け止めた剣を押し返し、得意とする間合いを作ってから剣を横に振るうという芸当さえしてくるのだ。

横薙ぎに振られた剣を躱し、今度は俺が横薙ぎに振るうが、それもまた受け止められる。

二度目の鍔迫り合い。

俺は相手の剣を絡め取ろうとするが、それすらも阻止してくる。

そうして、何度も剣を打ち合わせていると俺の頭には一つの考えが浮かんだ。

——魔物じゃない。

このデュラハンはただの魔物とは思えない。剣の振り方、受け止め方、鍔迫り合いになった際の動き。全て、魔物とは思えぬ動き方だ。

騎士だ。デュラハンは騎士の動きをしている。

外見は魔物らしいが、ヤツの挙動から感じるのは騎士として訓練された者の戦い方。それこそ、毎日訓練を繰り返して、体に剣術を染み込ませたような。

だから、俺は一つ試す事にした。

相手の剣を弾いたあと、大きく後ろへ距離を取る。剣を下ろし、心臓の上に握り拳を置く帝国式の騎士礼を取った。

「――――ッ！」

俺が礼を取ると、デュラハンの肩が大きく跳ねる。

「俺の名はアッシュ。元帝国騎士だ」

そう告げると、相手は剣を自身の中央に立てて背筋を伸ばした。

ああ、分かってしまった。

このデュラハンは確かに騎士だ。それもローズベル王国の騎士である。ヤツの見せた騎士礼こそがその証拠だ。

「ウルカ、彼とは一対一でやる」

俺がワガママを言っても、ウルカは文句を言わなかった。有難い。できた後輩だと心底思う。

俺はデュラハンを真っ直ぐ見据えたあと、小さな声で漏らしてしまった。

「名前を聞けないのが残念だ」

できることならば、こうして出会いたくなかった。ベイルと出会った時のように、騎士同士として出会いたかった。

「だが、貴殿の力は俺が語り継いでやる」

騎士礼を解き、俺は再び剣を向けた。相手も同じ礼を解いて剣を向けてくる。

「フッ！」

相手の正体が分かった以上、俺はもう余計な事を考えずに全力で勝負に挑む事にした。

一気に間合いを詰めて、上段より落ちてきた相手の剣をサイドステップで躱し、胴に剣を振るう。

ガチン、と黒い鎧に剣がヒットした。だが、音からして鎧の強度は凄まじい。一打二打では到底突破できそうにない。

「ならば、何度でも打ち込むまでだッ！」

俺はロングソードの間合いを維持するように食らい付き、何度も攻撃を繰り返す。

まさに両手剣を得意とする騎士と戦っている時と同じ。相手の有利な間合いにさせず、常にこちらがリードする動きを心掛けた。

剣を振り、胴に当てようとすると、相手が嫌がって剣を割り込ませるが、その仕草が見えた瞬間に立ち位置を変える。横に回り込んで剣を振って、相手に受け止められたら即座に離れる。

そうして、また懐まで入り込むのだ。

だが、相手だって『対騎士戦』においての知恵や経験が残っているのか、俺を近づかせないよう鋭い突きを放ってくる事が多くなった。

首を狙う突きに対し、俺は体を横に傾けながら躱す。紙一重の回避が成功し、俺の鼻先を両手剣の刃が突き抜けていく。

「ははッ！」

剣を縦に振り下ろされれば、剣を当てて一旦受け止める。体をズラしたあと、剣をスライドさせながら相手の手を狙う。

「楽しいなッ！　これが騎士の戦いだッ！　これこそが騎士の戦いだッ！　どうだ、満足か!?

彷徨《さまよ》い、人を待ち受けていたのは、これが目的だったのだろう!?」

このデュラハンは騎士なのだ。心底、騎士でありたいと願った者だ。

だからこそ、死して尚、彷徨える騎士になってさえも、騎士として死にたいと願ったに違いない。

「分かるさ、分かるとも！　答えようがなくとも、貴殿の剣がそう語っているッ！」

きっと、俺も同じだ。俺もこのデュラハンのようになったら、人として死にたくなる。

魔物の群れに押し潰されて死ぬのではなく、獣に狩られて死ぬのではなく、強者との名誉を懸けた戦いの中で死にたいと思うだろう。

「だからこそッ！　俺が、終わらせてやるッ！」

ハンターとしてではなく、元帝国の騎士として。

相手の叩きつけるような剣を躱し、俺はデュラハンの胴に向かって渾身《こんしん》の突きを見舞った。

ガチン、と剣先が当たった瞬間。何度も繰り返してきた攻撃の感触とは違う手応えがあった。よく見れば、デュラハンの心臓部分の鎧の一部が欠けていた。

中にはキラキラと光る魔石があって、人であれば心臓を露出させたような状態になった。

あと一撃。あと一撃で終わるという確信が生まれる。

だが――

「…………ッ！」

初めて大きく飛び退いたデュラハンは、鎧の欠けた部分に手を当てた。

一瞬、骨戦士のように修復させるのかと思ったが違った。なき頭部で鎧の欠けた部分を見ているような、そんな動きをしたあとに片手で持った両手剣をその場で振るう。

剣先が地面に擦れると「ボウッ！」と剣が炎に包まれた。

「なるほど、奥の手として出すか」

遂にデュラハンは剣に炎を纏わせ、それを使って戦うようだ。

これまで使わなかったのは騎士としての礼儀か。それとも別の意味があったのか。定かではないが、この先の戦いは武器としての差が生まれる。

……もしかしたら、これまでデュラハンがハンター達に炎の剣を振るったのは、相手を仕留められると確信した時だったのかもしれない。

魔物となりながらも、相手を苦しませぬよう一撃で両断したあとに火葬として葬ったつもりだったのか。

いや、余計な事か。

俺は首を振って思考を切り替えた。目の前で炎の剣を構えるデュラハンに集中して——

「行くぞッ！」

俺は相手に向かって駆け出した。

二十七・　元騎士と騎士　二　※後輩の独白付き

「行くぞッ！」

俺がデュラハンに向かって駆け出すと、相手はゴウゴウと燃える剣を中段に構えた。

だが、恐らくは俺が間合いに入る直前に上段構えへ移行するはずだ。これまで剣を打ち合わせて見えてきた相手の攻撃パターンからそう推測した。

ここからは読みが外れれば一気に崩れる可能性がある。しかし、だからといって守りに徹していては勝てない。

「ッ！　やはりかッ！」

俺の読みは当たった。やはり両手剣の間合いに入った途端、デュラハンは片足を一歩前に踏み出して上段に剣を振り上げる。

サイドステップで振り下ろされた剣を躱すも、予想以上に炎の勢いは強い。念のため体一つ分も横に飛んだが、それでも顔に当たる熱波は相当なものだった。

炎にこちらの剣が接触した際の効果を検証するべきか。一瞬、その考えが浮かぶが――

「くッ！」

すぐに横薙ぎの一撃が飛んでくる。再び大きく避けるも、俺の胸に装着されていた鉄の胸当てに剣先が掠《かす》った。

掠っただけの傷は赤く線を作り、ジュワッと嫌な音が微かに聞こえた。

……鍔迫り合いに持ち込むのは不可能だろう。恐らくは受け止めることすらできない。剣同士が打ち合った瞬間、こちらの剣が溶けて負けは確定だ。

先ほどの打ち合いから一変、俺は相手の剣を全て躱す立ち回りを強いられる。

分かってはいたが、予想以上にキツい。大きく躱さねばならぬ分、間合いは離れるし、体力も消耗する。

「想像していた通り、厄介な……。いや、これが王国騎士にとっては普通か」

魔法のような効果を持つ剣を相手にするのは非常に厄介だ。ズルいとさえ思ってしまうが、それは俺が元帝国騎士だからだろう。

魔導兵器としての剣を振るう王国騎士としてはこれが普通なのだ。

この騎士がどうしてデュラハンになってしまったのか、生前が何年前だったのかは分からない。

だが、ダンジョンを制御しようと長年戦ってきた王国騎士ならば、剣と魔法の関係性は共存して当たり前の世界だったのだろう。

だからといって、負けるわけにはいかない。むしろ、これは絶対に勝たねばならない戦いなのだ。

俺は大きく距離を取ると、腰にあった予備の剣をベルトから外して地面へ捨てた。

「俺も精々、小細工させてもらうさ」

呟いたあと、再びデュラハンへ駆け出す。相手の間合いに入るもすぐには攻撃しない。横薙ぎに振られた剣は大きく後ろに飛び退きながら避けて、上段からの振り下ろしは地面を転がるように躱す。そうして、俺は相手の攻撃を待った。

顔も体も土まみれ、何度か胸当てに剣先が掠って赤い線が増えていく。腕に掠った時は服がチリッと燃えて、肌にも火傷《やけど》を負った。

何度も何度も攻撃を躱し続けていると、胸当ての一部は溶けてしまって防具としての機能が失われている。

だが、どうせ一撃もらえば終わりだ。今更胸当ての状態など気にしてもしょうがない。

我慢だ。よく見て、我慢。よく見て、我慢。

呪文のように小声で繰り返しながら――ようやく、その時は来る。

俺が飛び退いて着地した瞬間、体を捻って溜《た》める突きの構え。

来たッ！

その動作を見た瞬間、俺は相手に向かって走る。走りながら間合いを計り、剣先が向かってくる瞬間にスライディング。

剣との距離はだいぶ開いているのに、顔面に襲い掛かる熱波が凄まじい。だが、焼けるほどじゃない。薄目になりながらも間合いを掴む。

地面を滑って相手との間合いを一気に詰めた瞬間、俺は飛び上がりながら頭上にあるデュラハンの腕を剣で弾き飛ばした。デュラハンの腕が跳ね上がり、魔石を露出させた胴体がガラ空きとなる。

「取ったッ！」

相手の腕を弾き飛ばした勢いを殺さず、そのまま上体を捻って突きの態勢に体を移行。折り畳んだ腕を伸ばし、突きを相手の魔石に向かって見舞った。

俺の突きは魔石の一部を削り取る。

削り取った感触が剣から腕に伝わった瞬間、俺は剣を放すと即座にバックステップをして距離を取った。

残された剣は鎧に引っ掛かり、ブラブラと揺れていた。だが、デュラハンもまた上段の構えを取ったまま固まる。

構えていた剣から炎が霧散すると、デュラハンは剣を下ろしてぎこちない動作で数歩ほど後ろへよろけた。

よろけたあと、ギギギと金属の擦れるような音を腕の関節から鳴らしつつ、胸の穴に引っ掛かっていた俺の剣を抜き捨てる。

抜き捨てたあと、また関節を鳴らしながら魔石の位置へ手を添えた。まるで傷付いた心臓を見下ろすようなアクションを取る。

まだ動くか。魔石の一部を削るだけでは足りないか。

新しい剣を拾って備えなければ。そう思っていたが……。

「…………」

デュラハンは刀身を地面に向けて、俺に剣を手渡すような行動を取った。そのままジッと動かず、まるで俺を待っているようだ。

「取れ、という事か？」

ゆっくりと近づき、相手が差し出す剣を取る。

すると、デュラハンは鎧の関節を「ギギギ」と鳴らしながら両手を広げた。

人の身であればあの一撃で死んでいた。故にトドメを刺せ。そう言っているかのように。

俺は、デュラハンから受け取った両手剣で突きの構えを取る。

ああ、終わりか。

この楽しく、血が滾《たぎ》る時間は終わってしまうのか。

そう思う反面、潔くトドメを刺されようとするデュラハンに――騎士であり続けた者に改めて敬意を抱く。

「さらばだ、黒き騎士よ！　貴殿は間違いなく騎士であった！」

俺は今度こそ、デュラハンの魔石を突き壊した。バキリと砕けた魔石は鎧の中で粉々になっていき、腕を広げたデュラハンの鎧がバラバラになって地面へと崩れ落ちていく。

それを見た瞬間、俺の体からはドッと力が抜けた。

「はぁ、はぁぁぁぁ……あ!?」

死闘を終えた俺はその場でへたり込みそうになるが、俺の真横を矢がシュバッと猛スピードで通り抜けていった。

「先輩！　周りの骨戦士が動いてます！」

デュラハンを討伐した瞬間に待機していた骨戦士が一斉に動き出したようだ。デュラハンは司令官扱いだったのか、待機の命令が解けたのかもしれない。

ウルカの声を聞いて慌てて立ち上がるも、駆け寄ってきたウルカが俺の前に出る。

「私が処理しますから！」

次々に矢を撃って、動き出した骨戦士を近づかせもせずに全て討伐。相変わらず見事な腕だ。

「先輩、このあとどうなるか分かりません。新しい敵が来る前に戻りましょう」

「ああ、そうだな。すまない」

油断せずに道の奥を睨みつけるウルカにそう言われ、謝りながらも同意した。

ウルカに警戒してもらいながら、俺はデュラハンの鎧を回収していく。

収納袋に収めて持ち帰ろうとしたが、下半身と両腕部分を収納したところで、それ以上入らなくなってしまった。

「収納限界か」

残りは胴体と両手剣だが、これはそのまま持ち帰らねばならぬようだ。胴体部分を無理矢理リュックに入れて固定し、両手剣は手に持った状態で帰る事にした。

炎の剣対策として買った剣は、全て持ち帰れる余裕がない。ウルカに持たせると、彼女が弓を撃つのに邪魔になるだろうし。

壁に立て掛けてあった一本を腰のベルトに括りつけて、この一本だけでも持ち帰る事にした。

「無駄になっちゃったかな」

「しょうがないですよ」

このまま置いてたら誰かに持ってかれてしまいそうだ。準備して使わなかった剣を置いていくのは少し勿体《もったい》ない気持ちになるが……。

「入り口にいたハンター達に手伝ってもらいますか？」

「ちょっと聞いてみるか」

俺達は剣を残し、そのまま入り口まで戻った。幸いにして入り口までに遭遇した骨戦士は三体だけ。全てウルカが処理してくれて、スムーズに戻る事ができた。

「アッシュさん!?　無事か!?」

戻ってきた俺達を見るなり、ハンター達は驚きの声を上げる。口にした言葉から推測するに、俺達が逃げてきたと思ったのかもしれない。

だが、俺の背中にあるリュックから飛び出るデュラハンの胴体と、俺が手に持つ両手剣を見ると更に驚きの声が上がった。

「倒したのかよ!?」

「言っただろ。倒すって」

ちょっとキザったらしかっただろうか。でも、今日くらいは自慢してもいいかなと思ってしまったからしょうがない。

「すげえ！　マジですげえ！」

「上に戻ったらとんでもねえ騒ぎになるぜ！」

歓声を上げる彼らに早く地上へ戻るよう促された。置いてきた剣の事を相談すると、あとで死体回収人が来るだろうから、その際に回収を頼めばいいとアドバイスされた。

入り口にいたハンター達の数人は監視を続行、残りは俺達と共に地上へ戻る事となった。

地上へ向かっていると、ハンター達に出会う度に歓声を上げられた。休憩所でもある三階層に到達した時など、歓声に混じって悲鳴すら上がったくらいだ。

そんな体験をしつつも、俺達はダンジョンを出て協会へ向かう。


「デュラハン狩り！　デュラハン狩りのアッシュ様がご帰還だァー！」

共に協会へ戻ったハンター達によって大々的にアピールされてしまい、協会内はいつも以上に騒がしくなる。

素直に称賛する者、信じられないと疑う者、ホッと胸を撫でおろすような態度を見せる者――協会内にいたハンター達も様々なリアクションを見せてくれるが、物や書類をぶちまけながらカウンターから飛び出してきたのは職員のメイさんだった。

「ちょ、ちょっと！　本当に倒したんですか!?」

「あ、ああ」

鬼気迫る彼女の顔に気圧《けお》されながら返事をすると、メイさんは他の職員達に「騎士団へ連絡！」と大声で指示を出した。

「アッシュさん達はこちらに！　ああ、まだデュラハンの素材は出さないで！　絶対に人へ渡したり、失くしたりしないで！」

俺は彼女に背中を押されながら個室まで案内され、ソファーに無理矢理座らされる。

横にいたウルカの表情が鬼のようになっているが、メイさんは俺達の前で仁王立ちすると事の重要性について語り始めた。

「いいですか？　ネームドは非常にレアな魔物です。ネームドを討伐した際、王都研究所に素材を全て、余すところなく提供しなければなりません。一欠片でも提出を怠れば罪に問われる可能性もあります！」

以前、酒場でタロン達から聞かされた通り、ネームドはダンジョンの研究にとって非常に有益な存在だ。討伐後の素材も重要な研究材料として国に回収される。

よって、ネームドの素材は普段回収される魔物素材以上に厳重な管理と提出義務が課されるようだ。

「騎士団、協会の両組織立ち会いのもとで素材を提出してもらいます。事前に聞いておきますが、回収できるものは全て回収してきましたか？」

「ああ。もちろん。ただ、倒す際に魔石は破壊してしまった」

「それは構いません。倒すのが最優先ですから」

倒し方については指摘されないようだ。まぁ、そこまで首を突っ込まれたら正直困ってしまう。

「他の職員達に指示を出してきますので、絶対にここから出ないで下さい。素材も出さないで下さいね!?」

「あ、ああ」

ビシッと指を差されながら言われてしまい、俺は短い返事をするので精一杯だった。

メイさんが個室を慌ただしく出ていき、俺とウルカは顔を見合せる。

「なんか、倒したあとの方が大変そうじゃないか？」

「……ですね」

◇　◇

先輩と一緒に個室で待っている間、私は先輩の顔を何度も見てしまう。その度に「どうした？」と聞いてくる彼がたまらなく愛おしい。

「いいえ。このあと何をするのかなって」

「あー……。騎士団を呼ぶって言ってからな」

私が何度目かの言い訳に使った質問にも真摯に答えてくれる真面目な先輩。こういった真面目なところも好きだけど、一番好きなのはやっぱり戦っている姿。

「カッコよかったな」

私は先輩に聞こえないよう、小さな声で呟いた。

デュラハンと戦っていた時の姿を思い出すだけで体が火照《ほて》ってしまう。

あの時、私は一緒に戦わなくて良かったなんて思ってしまった。離れた位置から本気で戦う先輩の姿を見られてラッキーとすら思ってしまった。

でも、しょうがないじゃない。

普段は真面目で優しい先輩の目が、戦闘中に限っては獰猛《どうもう》な獣みたいな目になる。

先輩を深く知らない人は先輩の強さを「洞察力があって基本に忠実だから強い」やら「度胸があって勇ましい」なんて言う。

でも、違う。

先輩の強さの根底にあるのは獣めいた闘争心だ。強い者と戦いたい。戦って死んでもいいとすら思っている戦いへの渇望だ。

目の前の強敵を討ち滅ぼそうと力強く剣を振るう姿なんて……正直、見ているだけで内股になってしまった。

もちろん、すぐに頭を切り替えたけどね。

でもね、思い出すだけであの獣めいた視線を向けられながら無茶苦茶にされたいと思ってしまう。

今日みたいな先輩を見ると、私が先輩を好きになった時――いいえ、この人のモノになりたいと自覚した時を思い出す。

初めて私が自覚したのは帝国にある唯一のダンジョンで氾濫が起きた時だった。

あの時も先輩は獣のように戦っていた。

先輩は必死だったろう。食らい付こうとする魔物を斬り飛ばし、ガントレットに食い付いた魔物の腹を蹴飛ばして。

仲間が数人やられてしまっても、歯を食いしばりながら諦めずに仲間を鼓舞して戦い続けた。傷を負っても倒れる事なく吼えながら剣を振るう姿は、まるで英雄譚の主人公みたいだったわ！

そんな先輩もステキだったけど、もっとステキだったのは私を守るように戦ってくれたこと。

本人だって生き残るのに必死な状況下で、後輩である私を守ってくれたのよ！　お前だけは無事に帰してやるからな、なんて戦闘中に言ってくれるの！

戦いが終わったあとは、また優しい先輩に戻って「よく頑張ったな」なんて褒めてくれて……。

このギャップがたまらないのよ！　普段は優しくて真面目なのに、いざという時は——あぁッ！

好きになるのも当然でしょう？　女だったら惚れない方がおかしいよね？　だって、すっごくカッコよくて、男らしくて、私の事を大事にしてくれるんだもの！

あの子爵家のクソブタに横から盗られた時は、どうやったらあの女を殺せるか毎日考えていたけど……。

本当にウザい女。先輩に迷惑を掛けて、しかも心を傷付けて。

ああ、思い出しただけで殺したくなる。

でも、今はこうして私の隣に先輩がいてくれるもんね。

ここには私と先輩だけ。二人きり。ふふ。

「なぁ、ウルカ。終わったら夕飯何食べたい？」

「そうですねぇ。今日は先輩、いっぱい戦いましたからね。お肉なんてどうですか？」

「おお、いいねぇ」

そう言って、笑ってくれる先輩。

幸せ。すごく幸せ。今、私、すごく幸せ。

あとは……。前以《まえもっ》て打った策を使うタイミングね。これまで何度かアピールし続けたけど、今日のご褒美で更に意識を変えてみせる。

「遅いなぁ」

「ですねぇ」

ふふ。

好き♡

二十八・　両手剣とパーティー名

個室の中で三十分ほど待っていると、ようやくドアをノックする音が聞こえた。

入ってきたのはベイル率いる騎士数人。それとメイさんを中心とした協会職員達だった。

「やぁ、アッシュ！　君ならやってくれると思っていたよ！」

王子様スマイルで登場したベイルは、俺の顔を見るなりそう言った。

「なんだか、倒したあとの方が大変そうなんだが？」

「はは。仕方ないさ。それだけ重要な魔物だしね」

ベイルは「もう少し付き合ってくれよ」と俺の肩を叩きながら笑って、俺の横に座っていたウルカに顔を向けた。

「君は確か、アッシュの部下だったね」

「はい」

二人は帝国と王国の間で開かれる親善試合で何度か顔を合わせた事がある。軽く挨拶を交わし、今は俺と組んでいると説明するとベイルは「頼もしいじゃないか」と再び笑った。

「さて、早速見せてもらおうか」

「ああ」

挨拶も済んだところで、さっそくデュラハンの鎧と剣を見せることに。

俺はまず壁に立て掛けておいた両手剣を提出。受け取ったベイルは剣をまじまじと観察し始めた。

その間にリュックから出したデュラハンの胴体と収納袋に入れてたパーツも全て床に並べていく。

「鎧用のディスプレイスタンドを持ってきます」

並べられていく鎧を見て、職員の一人が個室の外に出ていった。戻ってきた時は更に数人の職員と共に木製のマネキンを担いで入室してきた。

床に置かれた鎧を慎重に持ち上げて、一つ一つのパーツをマネキンに着せていく。そうして出来上がったのは、胸に穴の開いた鎧一式だ。

「うーむ。確かに黒騎士だな」

ベイルと共にやってきた騎士の一人が腕を組みながらそう唸った。

「その鎧も貴重だが、こちらの両手剣はもっと貴重だな」

両手剣を観察していたベイルがそう言うと、室内にいた全員が彼に顔を向ける。

「これ、魔法剣だ」

そう言ったあとにベイルは剣を皆に見せつけながら……刀身に炎を纏わせた。

「ま、まさか！　本当ですか!?」

騎士も職員も揃って驚愕の声を上げ、刀身に炎が纏った瞬間に声を失う。

「魔法剣って？」

事の重大さを理解できなかった俺がベイルに問うと、彼は炎を消してから俺に説明してくれた。

「うーん。簡単に言うと魔石を必要としない魔導兵器かな？　あれは魔石を装着させなければ魔導効果が現れないだろう？　これは魔石を必要とせず、無尽蔵に魔法のような効果を剣に発現させられるんだ」

「……それって、御伽噺に出てくるような剣じゃないか？」

「うん。そうだよ」

うん、じゃないだろう。俺は思わず、そうツッコミそうになった。

「御伽噺ってのはさ、人が作った物語だろう？　という事は、いくつか事実が含まれているものだよ」

その一つが、魔法剣のようだ。ベイルは職員に清潔な布を要求し、言葉を続ける。

「王国内のダンジョンで魔法剣が発見されたのはこれで五本目だ。歴史的発見と言えばいいのかな？」

やったじゃないか、と俺に言ってくるが……。どう喜べばよいか分からなかった。

そんな俺の表情を見て、ベイルは困ったように笑う。

「アッシュ。君が成した事は本当に素晴らしい事なんだよ。国の研究所から感謝状が届くかもしれないね。もちろん、報酬も期待していい」

「そ、そうか」

なんだかとんでもない事になってしまったな。

デュラハンと戦った時以上に疲れる。主に頭が。

「この鎧と剣は騎士団が厳重に保管して王都研究所まで輸送する。ディーノ。騎士をもっと呼んでくれ」

「ハッ！」

ベイルに指示された騎士が個室を出ていき、それを見送ったあとでベイルは俺達に顔を向けた。

「それと、二人にもやってもらう事があるんだ。デュラハンと戦った時のレポートを書いて提出してほしい」

「レポート？」

「そう。どんな動きをしていたか、どのようにして戦ったか……。戦闘開始時から終わるまで、事細かく書いてほしい」

これらも研究所に提出されて、研究材料の一つになるそうだ。

責任重大だな。

「ところで、デュラハンはどうだった？」

協会職員がレポート用の紙とペンを用意している間、一足先にベイルは感想を直接聞いてきた。

「……ベイル。あれは騎士だ」

だから、俺は戦っていて感じた事を素直に話した。王国騎士礼を取ったこと、戦闘中の動作や戦い方が騎士の扱う剣術そのものだった事も。

全て語ると、彼は眉間に皺を寄せながら頷く。

「やっぱりか。あの鎧は……。古い王国騎士の鎧に似ている」

現在採用されている王国騎士用の正式装備とはデザインが変わってしまっているが、過去に王国がダンジョンを制御しようと戦いを繰り広げていた頃の騎士装備に形やデザインが似ているらしい。

特に当時は貴族や隊長格の存在を分かり易く示すように、位が高い者はデザインを少し変えた特注品を身に着ける習わしがあったんだとか。

王国騎士の礼を取った事も加味すると、やはりデュラハンは――

「僕達が結論を出さない方がいいだろうね。その事もレポートに記載して、研究所に結論を出させた方がいい」

しかし、ベイルは早まるなと首を振った。こういった件に関しては、報告はしても首を深く突っ込まない方がいいとも助言してくれる。

「そうか。できれば名を知りたかったな」

それでも、俺はあの騎士の名が知りたかった。

語り継ぐと約束した手前、どうしても。それに騎士として戦った相手の名を心に刻むのは、相手への敬意でもあるから。

「強かったかい？」

「強かったな。単純に騎士としての力量は高い。それこそ、魔物とは思えぬほどに」

間違いなく、騎士だったのだ。

デュラハンは魔物でありながら、敬意を向けるべき騎士であった。

「そうか。僕の方からもそれとなく伝えておくよ」

「ああ」

この会話のあと、協会に増援の騎士が到着。剣と鎧を箱に収めたあと厳重に封をされて、騎士達に護衛されるように持ち出された。

ベイルとも別れを告げて、俺達は職員のアドバイスを受けながらレポートの作成に取り掛かった。

最初の遭遇から、挑戦しようと対峙した時のこと。騎士礼が返ってきた事もしっかりと記入する。

最後まで書き終えたあと、俺はレポートの〆《しめ》に「名は分からぬが、強き騎士と戦えた事を光栄に思う」と記した。

レポート作成を終えた俺とウルカが職員から解放されたのは夜の十時を過ぎた頃。久々の書類仕事に体が固まってしまった。

ようやく解放された事を喜びつつ、肩や腰を揉《も》み解《ほぐ》しながら個室を出ると……。

「お、出てきたな。じゃあ、行こうぜ！」

筋肉野郎のタロン達に肩を組まれて捕まってしまう。他にも中堅ハンター共が揃っていて、総勢三十人を超えるハンター達が俺達を待っていた。

「行くってどこにだ？」

「そりゃあ、決まってるだろ！　飲みにだよ、飲み！　酒飲んで祝うぞ！」

どうやら、デュラハンを狩った事を祝ってくれるようだ。これがハンター式の労いと犠牲者達への手向けだと言われたらしょうがない。

といっても、俺もウルカも顔には笑顔があったが。

「デュラハン狩りのアッシュ……。いや、ん？　そういや、二人はパーティー名って決まってるのかい？」

今更になって、タロンから問われた。

だが、俺も言われて気付く。

ハンターは複数人で組んだ場合、パーティー名を決める習わしがある。別に協会へ申請するわけでもないのだが。

まぁ、一括《ひとくく》りにして呼ぶためのものだろう。

ウルカと組んでからも、パーティー名の事など相談していない。今気付いたのだから当然だ。

「パーティー名か」

俺はそう呟きながらウルカに顔を向けた。彼女の顔を見て、頭に浮かぶのは帝国騎士団時代を過ごした隊の名前。

かつて、帝国騎士団で魔物の氾濫を防いだ俺達は、帝国貴族達から野蛮な騎士として侮蔑された。帝都に戻ってぞんざいな扱いを受け、俺は国から渋々ながらに準貴族の位を与えられた。死んだ仲間の家族には見舞い金を渡しただけで、生き残った仲間達は称賛すらされない。

それでも俺達は氾濫を阻止した事に誇りを持っていたんだ。

村を守れたこと、村の住人からの感謝の言葉を忘れなかった。死んだ仲間達の遺体に向かって何度も「ありがとう」と言ってくれた村人達の姿も忘れなかった。

俺達は間違っちゃいなかった。

魔物の脅威を正しく認識しておらず「平民が暮らす村など放っておけ」と吐き捨てる貴族達に侮蔑されようが、鼻で笑われようが、氾濫から村を守ったのは俺達の誇りだ。

だからこそ、俺達は誇りを忘れぬように――氾濫鎮圧後の部隊編成時に自分達で考えた名を隊に捧《ささ》げた。


「俺達のパーティー名はジェイナス隊だ」

アイディアを出した仲間のウィル曰く、頭部の前後両方に顔を持つ古代神の名らしい。

二つの顔を持つ神を『対人』と『対魔物』の両方をこなす俺達に重ねたのだ。

人であろうが魔物であろうが、敵となればどちらとも戦うという意味を込めて。死してまで人の命を守った仲間達が気高き神のもとへ行けるよう願って。

どれだけ侮蔑されようとも、誇りを忘れぬようにと仲間達で顔を寄せ合いながら考えた隊名を俺はパーティー名として再び掲げる。

「だろう、ウルカ？」

「はい！」

嬉しそうに笑うウルカを見て、俺も彼女と一緒に笑った。

二十九・　危険だけれど夢いっぱい

デュラハン討伐後の後日談を少し語ろう。

レポート作成から解放された俺達は、ハンター達と共に酒場で祝勝会に参加した。

美味い飯と酒を深夜過ぎまでしこたま飲み食いして、俺もウルカも酔っ払いながら宿に帰った。

部屋に入った直後、二人揃ってシャワーも浴びずにベッドへダイブだ。

気付けば翌日の昼過ぎで、二日酔いに苦しむ俺達はそのまま部屋の中で一日を過ごした。

討伐から二日後、ようやく俺達は動く気になれた。

だが、ダンジョンに行く気にはなれなかったので市街地を散歩しながら食事やショッピングを楽しんでいると――

「やぁ、アッシュ」

荷物を積んだ馬車を護衛するベイルと遭遇した。

何をしているのか問うたところ、俺が提出したデュラハンの鎧と剣を王都へ輸送する途中だと言う。木箱に収められた鎧と剣は魔導列車に積まれて王都へ向かうのだとか。

なるほど、と頷いていると、ベイルは俺に顔を寄せて小声で囁いた。

「デュラハンだが……。鎧に消えかけの名書きがあった」

どうやら、俺の予想は当たっていたようだ。

黒い鎧の首元には現代でも続く王国貴族家の家名と着用者の名前らしきものが残っていたらしい。

「調べてみたが、どうにもダンジョンを制御しようとしていた頃に参加していた王国騎士のようだ」

ベイル曰く、ダンジョン内に突入して戻らなかった隊の一人らしい。ダンジョン内で死んだ騎士だったのかもしれない。死体が回収されず、時を経て魔物となってしまったのか。

「……俺もダンジョンで死ねばそうなるのかな」

「分からないよ。ただ、偶然が重なった結果かもしれない。魔物が発生する理由すら解明されていないのだからね」

真偽は不明であるが、そう考えるのが妥当にも思えた。ただ、結論は研究所に任せろと再度言われてしまったが。

「報酬の件はもうちょっと待ってくれるかい？　王都からの意向もあるだろうしね」

「ああ。急いでいないから大丈夫さ」

そんな会話をしたあと、ベイルと別れた。

その後、協会に顔を出すと今度はメイさんに捕まって個室へと案内される事に。

「デュラハン狩りの功績が正式に認められたら、アッシュさん達のカードを更新しますからね。あと、本格的に第二ダンジョン専任のハンターになってもらいます」

上位パーティーですら倒せなかったデュラハンを倒してしまったので、俺達は第二ダンジョン都市の協会において重要戦力とカウントされるようになるらしい。

各都市にある協会ではダンジョン内の魔物討伐と調査において、スムーズに事を成してくれる戦力を常に欲している。有能なハンターは各都市の専任と指定して、別の都市へ移動されないよう確保しているのだとか。

「協会と騎士団からの連名ですからね。逃げられませんよ？」

ニッコリと笑いながら言われてしまった。

「ああ、安心して下さい。別に他の都市へ行っても処罰はされません。ただ、都市専任になると税金が安くなったり、何か問題が起きた際は都市管理人である貴族の方に守ってもらえるようになります」

メリットとしては、まず税金の減額。加えて、協会内の売店で販売している食料品や飲み物などの割引が利くようになるらしい。

最大のメリットは貴族からの庇護《ひご》が得られる事だ。

例えば、都市内で犯罪に巻き込まれたとしよう。

その場合は、身分の保証された平民として邪険に扱われなくなる。まぁ、簡単に言えば平民よりも少し位が上になったってところだろうか。

問答無用で牢屋行き、なんて事態は免れるだろう。詳しく事情を聞いて、相談に乗ってもらえると言った方が正しいか。

「あと、名の通ったハンターは貴族からの勧誘も受けますからね。こっちの都合が含まれてしまいますが、勧誘を阻止するためでもあります」

こちらは王国貴族が有能なハンターを自家の騎士として取り立てる事がある。領地の守護に回したり、身辺警護に置いたりと色々あるようだ。

安易にハンターを引き抜かれてはダンジョンを管理している貴族にとっては痛手だ。せっかくダンジョン調査においての戦力が確保できたのに、横から掻っ攫われるわけだしな。

そうならないためにも、ダンジョン管理人である貴族家が「既に確保していますよ」という印になるとか。

王国も貴族界隈《かいわい》は面倒事が多そうだ。

「それらの勧誘を断っていただくための特典って感じでしょうか」

「なるほどね」

正直、安全と安定面を考えると貴族家直属の騎士になった方がいいだろう。高い給料はもらえるし、騎士としての箔《はく》も付くし、仕事は精々領内の警備と当主家の家族が移動する際に護衛として付き従うくらい。

ただ、名声や一攫千金といった夢からは遠退《とおの》く。

どちらが良いかは本人次第であるが、ハンターの方が夢に溢れているのは確かだろう。デュラハン討伐のようにな。

「次にデュラハン討伐の報酬ですが、正式な決定は王都より通告されたあとになります。ですが――」

メイさんは一枚の紙を俺達に差し出した。紙の一番上には『協会特別会計』と題打たれていて……。

「先に協会からの報酬を支払っておきますね。デュラハン討伐において、協会はアッシュさん達に五百万ローズを支払います」

「ごッ!?」

「ご、ごひゃく……」

ニッコリと笑いながら金額を告げるメイさんに、俺とウルカは上手く言葉が出なかった。俺は大きく仰け反って、ウルカなんて口元がヒクヒクと痙攣《けいれん》している。

「ええ。これくらい払わないと。貴族家の騎士になる人が出ちゃいますから。ああ、この他に王都からの報酬が上乗せされますからね。あくまでも、これは協会から出る報酬です」

やばい。ハンターやばい。

繰り返しになるが、貴族家の騎士になるのは安定性があると言える。だが、金を稼ぐなら断然こちらだ。実力がある者なら尚更だろう。しかも、これは報酬の一部というのだから驚きだ。

夢に溢れると言ったが、その溢れんばかりの夢が今まさに目の前にあった。というか、書面で見せつけられた。

「ご、五百万ローズって……。二人で分けても二百五十……。二百五十万ローズあったら何が買えるんだ……？」

「お、落ち着いて下さい、先輩。ええっと、行きつけのパン屋さんでパンが一つで百ローズだから……!?」

混乱する俺達だったが、メイさんはニコニコと笑うだけ。

「お金はアッシュさんの口座に振り込んでおきますね。これからもバンバン魔物を倒して、第二ダンジョン都市を盛り上げて下さい！」

俺達は曖昧な返事をし、大金の使い道に迷いながらも宿へと帰っていった。

◇　◇

そして、今に至るわけだが。

未だ大金の使い道は決まっていない。滞在する宿のグレードを上げようか、なんて話も出たが一旦保留になったままだ。

シャワーを浴びてる時に一人で悩んだりもしたが、全く良い案が出ない。

「タバコ、もっと良いの吸ってもいいかな？」

シャワーから出たあと、酒を飲みながら一服中に思い浮かんだのがこれくらい。

今吸っているタバコをまじまじと見ながら、もうちょっとお高いやつに変えようか悩む。でも、別に今の銘柄でも満足しているしな。

こういった時に帝国時代で身に染みついた貧乏性が出てしまう。まぁ、無理に使う必要もないのだが。貯金が一番か？

悩んでいると、シャワー室のドアが開いた。出てきたのは、下着にシャツを一枚着ただけのウルカだ。

彼女は酒を一杯飲んだあと、髪を乾かしてベッドに座った。

「ねぇ、先輩」

「うん？」

ベッドに座った彼女に顔を向けると、彼女はニコニコと笑いながら俺に言った。

「ご褒美の件、忘れていませんよね？」

デュラハン討伐を決意した際に交わした約束。ニンマリと笑った彼女は、自分の隣をポンポンと叩いて俺を誘った。

「覚えているよ」

確かに覚えている。

だが、内容はまだ聞いてない。さて、どんな要求が飛んでくるのやら。

ある程度覚悟を決めていた俺だったが、ウルカの口から飛び出したのは――

「先輩、ベッドに寝っ転がって下さい」

「ああ」

ちょっとドキドキしてきた。まさか、なんて思ってしまう。

「それで、腕はこう」

ウルカは俺の腕を引っ張って、横に伸ばした。そして、俺の腕の上に頭を載せるように寝っ転がる。

ある意味、彼女の要求は予想外の事だったと言えるだろう。

「今日から寝る時は腕枕をして下さい。あと、おやすみのキス。それが私の要求するご褒美です」

「お、おお……」

ちょっと残念に思ってしまう自分がいた。この前までは押せ押せって感じだったのに。

いや、これはウルカの策だろうか？

しかし、残念と思えたという事は、過去の出来事を過去として整理できた証拠かもしれない。

……なんて単純な男なんだ、俺は。

「ふふ。残念って思いました？」

彼女はそれを見透かしているかのように笑った。もぞもぞと体を動かしながら俺に密着してきて、俺の体を抱きしめるように腕を回してくる。

「別に私は構いませんよ？　先輩になら何されても構いません。でも、私は待つって言いましたから」

そう言って、俺の匂いを思いっきり嗅ぎ始めた。はぁ、と息を吐いたあと、彼女は小悪魔のような表情で俺を見る。

「ズルイですかね？」

「いや……。それは俺の方だな」

俺はもう自覚していた。

こうして彼女が傍にいて、待ってくれている事に甘えてしまって。それでも彼女からのリアクションを期待してしまう俺の方がズルイだろう。

「俺は、ウルカが大事だ。失いたくない」

だからこそ、前に進まなければならない。

彼女に甘えるのではなく、男としても先輩としても、彼女に与えられる存在でありたい。

俺は彼女の体を抱きしめた。

シャワーを浴びたばかりのせいか、彼女の肌はとても温かい。抱きしめた彼女の感触がたまらなく愛しかった。

「ウルカ、俺と一緒にいてくれ」

「はい。もちろんです。私は先輩の傍にいますよ。一緒にいて、ずっと証明してみせますから」

彼女はそう言って顔を擦り付けてくる。ふがふがと匂いを嗅がれるのが、くすぐったかった。

三十・　人を追いかけて

少し時間を遡って、ウルカが第二ダンジョン都市へ訪れるより少し前のこと。

彼女より先にローズベル王国へと入国した女性がいた。

「ここが第一ダンジョン都市かー！」

魔導列車から降りてきた女性の髪は赤色のショートヘア。

服装は肩の出た黒いシャツに赤と黒のチェック柄のスカート。

腕まくりしたシャツから見える肌は日焼けしていて、活発そうな印象を与える。

着ている服は帝国で購入した新品の洋服だ。

普段の彼女からしてみれば、ちょっと気合いの入った装いである。初めての外国に対して、田舎《いなか》者《もの》と思われないようにしたのかもしれない。

そんな気合いの入った私服を着る彼女の名前はミレイ。

元帝国騎士団第十三隊に所属していた女性だ。

「ふふ。アッシュのヤツ、驚くだろうな」

大きなバッグを持ちながら、この都市にいるであろう男性の名を呟いた。

彼女にとって、アッシュは頼れる隊長。そして、何より自分よりも強い存在。目指すべき相手であり、越えるべき相手であり、頼れる仲間と言うべき存在か。

「よし！　たくさん稼いで美味い酒をしこたま飲むとしよう！」

楽しそうに笑う彼女の手には薄い冊子が丸まった状態で握られていた。

彼女が魔導列車の中で読んでいた冊子の正体は、協会広報部が発行するハンター勧誘用のパンフレットだ。

内容はこれでもかとハンターに対する「夢と希望」が描かれている。

魔物を倒せば倒すほど稼げる！　平民であってもデカイ屋敷を手に入れるのも夢じゃない！　ハンターになったらこれだけモテました！　みたいなやつである。

これを読んだ彼女は「ワクワク」してしまったのだろう。

魔物狩りでたんまりと金が稼げる。帝国時代よりも質の高い生活が送れる。何より、大好きな酒とギャンブルを好きなだけ楽しめる、と。

ストレスを感じる職場と国から飛び出した彼女にとっては嬉しい誤算だったのかもしれない。魔導列車の中ではアッシュがハンターになったのも頷ける、と納得した様子だった。

「ふんふんふーん♪」

夢と希望を抱く彼女はスキップしながら駅の出口へと向かっていった。

「ほー、山が綺麗だなー」

駅から出た直後、彼女を迎えたのは都市の近くに聳え立つ巨大な山だ。

茜色の太陽を背景にした山の上の方には雪が積もっていて白くなっており、山頂は雲に隠れて見えなかった。

「なんだか、金属を叩く音が多いな」

彼女の耳に飛び込んでくるのはあちこちで金属をハンマーで叩く音だ。

王国の東にある第一ダンジョン都市は通称『金属の都市』と呼ばれていて、ダンジョンに生息する魔物からは金属素材がよく採れるという。

中には魔導兵器や魔導具の外装に使われている合金用の金属素材も採取されるので、王国の中では非常に重要な都市である。

他にも王都研究所で既に研究終了となった金属が採取された場合、都市経営の鍛冶屋へ運び込まれてインゴットに加工。そして、他の地域へと輸送されていく。

ミレイは大きな鍛冶屋を横目に見ながら、手に持っていたパンフレットを開いた。

「ハンター協会は北区か」

目的地の場所を調べて、メインストリートを北に進んでいった。

途中、見えてきたのは巨大な建物。パンフレット曰く、魔導列車の車体を作る場所だという。

建物に取り付けられたガラス窓から中を覗くと、大人数で魔導列車のメンテナンスを行っている様子が見えた。

更に北に進んでいくと魔導具を生産する工房なども見えてくる。工房の屋根から伸びた煙突からはモクモクと煙が出ていて、茜色に染まる空に向かって伸びていた。

「はー、なるほどね。ここで魔導具を生産して輸出してんのかぁ」

正確には、魔導具の外装だけなのだが。

第一都市で魔導具の外装を組み上げて王都へ輸送。肝心の機関部や重要な部品は、王都研究所敷地内にある国営工房で生産されて取り付けられる。そこから各都市、他国輸出用と仕分けされるシステムとなっている。

「おっと、ここが協会か」

ミレイが見上げた建物はコンクリート製の四階建て。入り口はスイングドアになっていて、中からは男達が喧嘩《けんか》する声が漏れ聞こえていた。

彼女がドアを押して中に入ると、中でたむろしていたハンター達が一斉に彼女へ顔を向ける。

「ヒュウ。良い女じゃねえか」

「ハンター志望ってか？　お近づきになりたいねぇ」

下品な野郎共は下衆《げす》な感想を漏らしながら、ミレイの体に熱い視線をぶつける。遠慮も品性もない視線を受けながら彼女は「フン」と鼻を鳴らして、受付カウンターへと歩み寄っていった。

「こんにちは。見ない顔ですが、ハンターライセンスの取得ですか？」

「いや、人を探しているんだ」

カウンターで業務をしていた女性職員にそう言って、彼女はアッシュの事を尋ねた。

最近、帝国からやってきた男。灰色の髪、そして名前。それら特徴を告げると――

「ん～？　帝国から来た人……？　そんな人、いましたっけ？」

近くにいた別の職員に問うが、問われた職員も「いないんじゃない？」と首を傾げる。他の職員にも聞いてきますね、と親切な女性職員がカウンターから離れていき……。

職員達のリアクションを見て、ミレイは物凄く嫌な予感を抱いた。

「ま、まさか……！」

彼女の脳裏に浮かんだのは満面の笑みを浮かべるウルカの顔だ。

アッシュの事になると何をしでかすか分からない女。アッシュの元婚約者を本気で殺害しようと計画していたイカれ女。好きな男を独占したくてたまらない、そう公言するような行動を見せる後輩。

『ごめんなさい、ミレイ先輩。アッシュ先輩を独占させてもらいますね？』

そう言いながらニヤッと笑うウルカの悪い顔が脳裏に浮かぶ。

「はぁ、あの馬鹿……」

ミレイはガックリと脱力してしまった。小さな声で「誰も盗らねえよ」とも漏らす。

ため息を吐きながら前髪をかき上げるが、彼女の表情からはウルカの気持ちも多少は理解しているようだ。

「まぁ、アッシュに婚約者ができた時は荒れに荒れたからなぁ」

何せ、本気で婚約者の殺害を計画していたくらいだ。ミレイは当時の『闇に堕《お》ちたウルカ』を思い出したのか、再び大きなため息を吐く。

「あ、あの……。どうかしました？」

戻ってきた女性職員が恐る恐る声を掛けると、ミレイは疲れた顔を職員に向ける。

「ローズベル王国にあるハンター協会ってのは、他にどこがあるんだ？」

「ハンター協会ですか？　西の第二都市と北の第三都市にありますが」

「二ヵ所か。どっちだろう？」

カウンターの前で首を捻るミレイだが、ここでふと気付く。

バッグの中にあった財布を取り出し、入国審査時に換金したローズベル王国紙幣と硬貨を取り出していく。

「これで列車に乗れるか？」

彼女が取り出したお金の総額はたったの二千ローズちょっとだった。

出国するための金は用意していたものの、結構ギリギリだったらしい。

アッシュに会ったらすぐ金を稼げばいい。そう楽観的に考えて、普段よりも気合いの入った服を買ってしまったせいでもあった。

あとは最初に到着するローズベル王国南部でローズベル王国産の酒をカパカパ飲んだせいもある。

彼女の金銭感覚は置いておいて。財布の中身を見た女性職員は「うーん」と悩む。

「乗れるには乗れますが、本日分の列車はもうないんじゃないですかね？」

「や、宿に泊まって、その残りで乗れるか？」

再び女性職員は「うーん」と悩んだ。

「食事したりするとギリギリ……。西の第二ダンジョン都市に向かうにはお金が足りませんね。北ならまだ近いので乗れると思いますが」

北は行けるが西には行けない。第二と第三都市のどちらかにアッシュとウルカがいることは間違いないが、どっちにいるかは不明だ。

仮に彼女の得意な博打の如く、今の金額で届く北に向かうのは無謀とも言える賭けだろう。これで第三都市に二人がいなかったら完全に詰む、と考えているようだ。

「クッソ！　マジかよ！」

ミレイが「どうしよう」と頭を抱えると、女性職員は彼女にそっと問いかけた。

「あ、あの。お金に困っているんですか？　戦えるならハンターになって稼ぐって手もありますが」

女性の視線はシャツから露出したミレイの腕に向かっていた。立派な筋肉が見えていて、そこからミレイが「戦える人物」であると見抜いたのだろう。

戦力になりそうな人物を勧誘する姿は、さすが協会職員と言うべきか。

「ああ、ハンターか！　そうだ、稼げばいいじゃねえか！」

協会に来るまでの間に抱いていた夢と希望を思い出し、表情を明るくしたミレイは「なる！　ハンターになる！」とカウンターへ前のめりに詰め寄る。

「でも、国籍離脱不可の王国法適用と税金の支払いが発生しますよ？　探している方は確かにローズベル王国でハンターになられたのですか？」

「ああ、それは間違いないと思う！」

ウルカもローズベル王国へ向かうと言って準備していたのだ。騎士団を辞める数日前、彼女が本屋でローズベル王国のガイドブックを購入していたのも目撃している。

「とにかく、ハンターになって旅費を稼ぐよ」

「分かりました。では、こちらの用紙に——」

こうして、ミレイは親切な女性職員のサポートを受けながら、税金と武器代の立て替えもしてもらって……。

「ようこそ、第一ダンジョン都市ハンター協会へ！　私達は貴女を歓迎しますよ！」

アッシュと同じくハンター生活をスタートさせたのだ。

第一ダンジョン都市で。

あとがき

この度は灰色のアッシュをお手に取って頂き、ありがとうございます。

作者のとうもろこしです。

本作は私が初めて商業として出版する本となりました。

元々は小説家になろうやカクヨムで投稿していた物語ですが、ムゲンライトノベルス様に声を掛けて頂きまして出版することになりました。

正直、超絶ド素人な私に書籍化の誘いが掛かるなどと夢にも思っていませんでした。お話を頂いた後は困惑しすぎて「詐欺か？」と疑ってしまうほどでしたから…。もちろん、そのような怪しい話はなかったですが！

しかし、人生とは本当に何が起きるか分かりませんね。今、身を以《も》って感じています。

担当編集のYさんに多大な迷惑を掛けながらも出版に向けての作業を続け、こうしてあとがきを書いている瞬間でさえ「実は夢なんじゃ？」と思ってしまいます。

ただ、こうして書籍化への声を掛けて頂けたのも応援して下さった読者の皆様がいたおかげです。本当にありがとうございます。

さて、話は変わりまして本作のキャラクターについて少し語らせて頂ければと思います。

まずはですね、ヤンデレっていいですよね。

バッドなエンディングもセットになる要素ですが、愛の究極系なんじゃないかと私は思いますよ。

病的なまでに愛してくれて、絶対に離れてくれないんですよ。しかも、美少女や美女が。最高じゃないですか。

そんな人生をよォ、送りてェわァ！　と台バンしながら嘆きつつも作ったキャラクターがウルカでした。

プロットの段階で多少マイルドにしまして、ヤバイ部分が見え隠れする塩梅《あんばい》にしたんですけども。

ただ、編集の方々からも結構ウケが良かったです。この部分も書籍化のお話に繋《つな》がったのかな？　と感じています。

逆に主人公のアッシュは誠実なキャラクターにしました。ヒロインとの対比として、そちらの方が噛《か》み合《あ》うかな？　と感じたからです。

クセを見せるなら戦闘時かな～と考えながら深夜に作っていたのを覚えています。

赤ちゃんプレイの強要という意味不明な冤罪《えんざい》を被りながら国を出たって設定はもう完全に悪ふざけでしたね。

当時書いていた際も勢いで設定していました。

ですが、編集部の方々からはウルカの設定と併せて「そこがええやん！」と返事を頂きました。

正気か？　と思ったのは内緒です。

そして、そんなウルカや主人公であるアッシュ、他のキャラクター達《たち》をデザインして下さった

『瑞色　来夏』先生。

大変美麗かつ最高なイラストをありがとうございます。キャラデザのラフが届いた時点で叫びまくったことを今でも覚えています。

細かい部分まで描いて下さったり、ご提案して下さったりと大変ありがたかったです。よりキャラクターに厚みが増し、更に良い物になったと本当に感謝しかありません。

続きまして、担当編集のYさん。

先述しました通り、作業に慣れていない私が何度も迷惑をお掛けしてしまったと思いますが、根気強く付き合って下さいましてありがとうございます。

打ち合わせの度にアドバイスを頂き、本当に感謝しております。

その他、本作と出版に関わって下さった方々にも感謝申し上げます。

最後に繰り返しとなりますが、最後まで目を通して下さった読者の皆様にも感謝申し上げます。

まだまだ作家としては未熟も未熟、素人に毛が生えた程度の実力しかございませんが、これからも読者の皆様が楽しめる物語を書いていきたいと思っていますので、引き続き応援して下さると幸いです。

最後にお知らせとなりますが、本作はコミカライズ化も進行中です。

あとがきを書いている段階ではどこまで進行しているかは不明ですが、担当編集のYさんからは順調だとの話を頂いていますので近いうちに続報が出るかも？

小説版とあわせてコミカライズ版の方もよろしくお願いします！

とうもろこし

アッシュ・ハーツ

ウルーリカ・エルテヴァイン

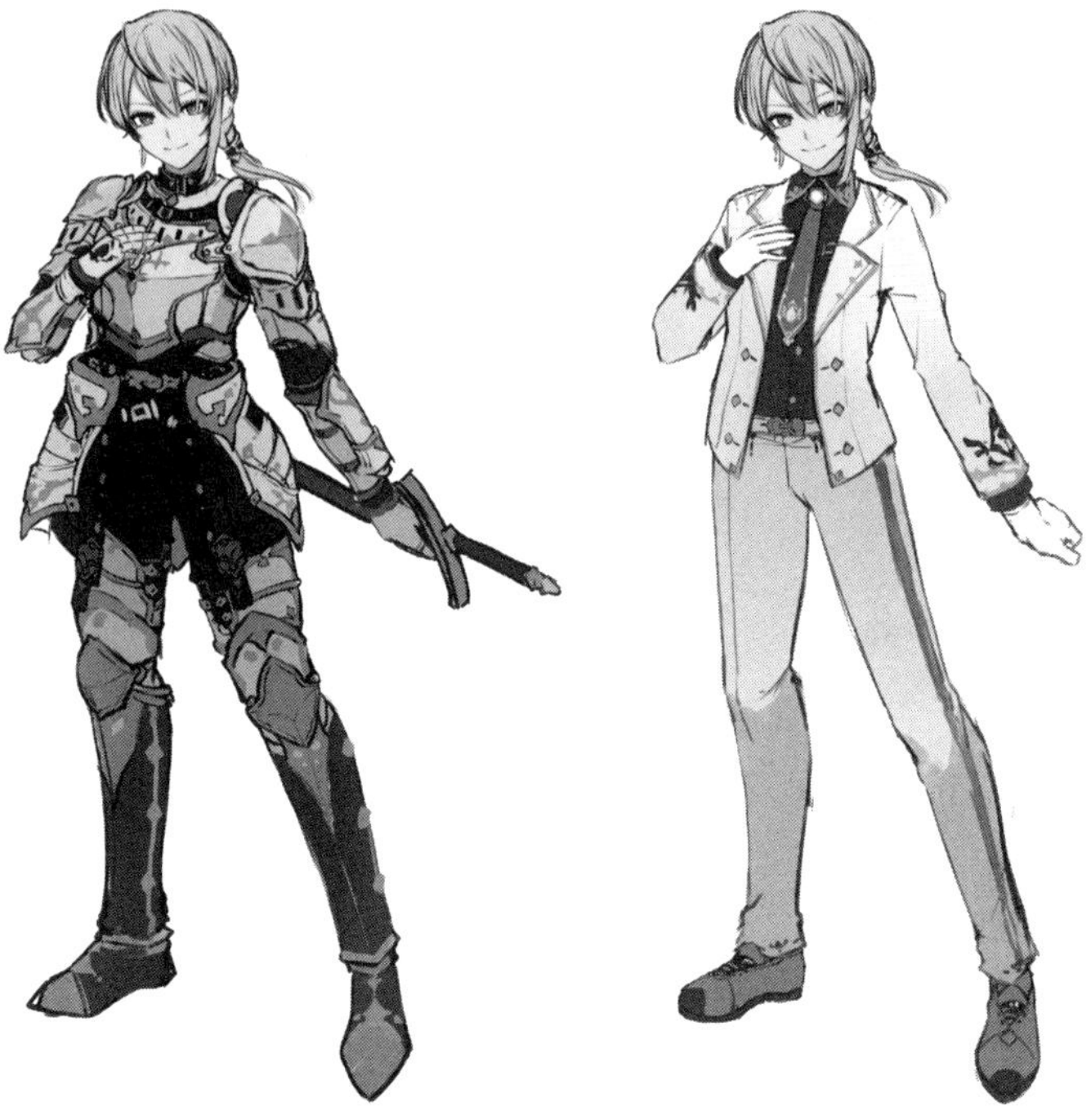

ベイル・バローネ

ミレイ

メイ

ローズベル王国・紋章

ムゲンライトノベルスをお買い上げいただきありがとうございます。
作品へのご意見・ご感想は右下のQRコードよりお送りくださいませ。
ファンレターにつきましては以下までお願いいたします。

〒162-0822
東京都新宿区下宮比町2-26 KDX飯田橋ビル 5階
株式会社MUGENUP ムゲンライトノベルス編集部 気付
「とうもろこし先生」／「瑞色 来夏先生」

MUGEN Light novels

灰色のアッシュ
～帝国騎士団をクビになった俺は ダンジョン都市で灰色の人生をひっくり返す～

2023年3月29日　第1刷発行

著者：とうもろこし
イラスト：瑞色 来夏

発行人　伊藤勝悟
発行所　株式会社MUGENUP
〒162-0822 東京都新宿区下宮比町2-26 KDX飯田橋ビル 5階
TEL：03-6265-0808(代表)　FAX：050-3488-9054
発売所　株式会社星雲社（共同出版社・流通責任出版社）
〒112-0005 東京都文京区水道1-3-30
TEL：03-3868-3275　FAX：03-3868-6588
印刷所　株式会社シナノパブリッシングプレス

カバーデザイン◉spoon design（勅使川原克典）
編集企画◉異世界フロンティア株式会社
担当編集◉山本剛士

Printed in Japan
ISBN 978-4-434-31758-3 C0093